新訳

ドリトル先生と月からの使い

ヒュー・ロフティング
河合祥一郎＝訳

角川文庫
22648

Doctor Dolittle's Garden
by Hugh Lofting
1927

新訳　ドリトル先生と月からの使い　目次

Doctor Dolittle's Garden

この本に登場する人間と動物たち

ジョン・ドリトル先生 John Dolittle
動物と話せるお医者さんで、博物学者。
最近は虫語の研究に夢中。

トミー・スタビンズ（ぼく）
Thomas "Tommy" Stubbins
先生のおうちに下宿している、
助手の少年。動物のことばが話せる。

ガブガブ Gub-Gub, the pig
食いしんぼうな子ブタのぼうや。
泣き虫であまえんぼう。

ポリネシア Polynesia, the parrot
物知りのおばあちゃんオウム。
先生に、動物のことばを教えた。

ダブダブ Dab-Dab, the duck
おかあさんみたいに
先生のお世話をするアヒル。

ジップ Jip, the dog
とんでもなく鼻がきくオス犬。
先生のおうちの番犬。

チーチー Chee-Chee, the monkey
アフリカ生まれのサル。
昔話をたくさん知っている。

ケッチ教授 Prof. Quetch, the dog
犬の博物館の館長。ちょっと
変わった経歴の持ち主。

ちょんまげ犬
Top-knot terriers, dogs
伯爵夫人のプードル犬が産んだ、
へんてこな子犬たち。

バンポ王子 Prince Bumpo Kahbooboo
アフリカの王子。
イギリスの名門大学に学んだ秀才。

第一部

第一章　犬の博物館

ぼく、トマス・スタビンズが、ドリトル先生といっしょにすごした人生をふり返ってみて、最も楽しかったのは、ぼくが動物園の副園長をしていたころだと思います。すでにほかの巻でお話ししたとおり、先生のお庭にできた動物園は「動物町《どうぶつまち》」と呼ばれるようになっていました。なにより苦労したのは、いろいろなクラブや施設の会員数が増えすぎないようにすることです。当然ながら、いくらでも入るわけではないからです。一番てこずったのが、雑種犬《ざっしゅけん》ホームでした。暗くなってから、犬のジップが、野良犬だの迷子の犬だのをしょっちゅうこっそり入れようとするのです。雑種犬ホームが犬であふれかえって収拾がつかなくなってしまわないよう、ぼくは心を鬼にして、きびしく取りしまらなければなりませんでした。

ただ、先生もぼくも、会員数に制限をつけなければならないことはみとめていましたが、動物町をもっとおもしろく、もっと住みよくするような創意工夫やアイデアはなんでも出してほしいと、働きかけました。出てきた案には、とてもおもしろいものが多く、そのなかに犬の博物館というのがありました。

先生には、何年も前から、ご自分の博物館がありました。研究室のとなりの大きな部屋に骨や鉱物の見本などがならべられ、博物学の資料が保管されているのです。「門前の小僧習わぬ経を読む」ということわざがあります。生まれつき骨に興味のある犬たちは、この展示物を日々ながめているうちに、見よう見まねでとうとう自分たち自身の博物館をはじめたのでした。

それがうまくいったのは、その数か月前に雑種犬ホームに入ってきた風変わりな犬のおかげでした。この犬は、物を集めるのが大好きでしかたがないという、生まれつき変わった性格がありました。プルーンの種、かさの柄、ドアの取っ手など、なんでもかんでも集めてしまうのです。自分のプルーンの種のコレクションはイギリス一だなんて、いつも言っていました。

この犬の名前はケッチといいました。トイ・プードルのトービーと大のなかよしです。ケッチを初めてクラブに紹介してメンバーにしたのは、トービーでした。ケッチは、トービーとともに雑種犬ホームで小さな犬の権利を守り、いじめられて特権をうばわれることがないように目を光らせていました。実のところ、トービーとケッチを親分とする小犬たちは必要以上にえらそうにしていると、大きな犬のブラッキーやグラブなどは、いつもこぼしていました。ともかく、雑種犬ホームには独自の博物館があるべきだと言いだしたのは、ケッチだったのです。（ケッチは、ウエスト・ハイランド・テリア犬とアバディーン・テリア犬のあいだに生まれた雑種でした。）収集が大好きでしたから、博物館長になりたいと思っていたのかもしれません。そして、案の定、ケッチが博物館長になりました。動物議会は喧々囂々《けんけんごうごう》の大議論をくりひろげて、賛成多数によってとうとう博物館を作ることにし、体育館の一部を仕切って、博物館の最初の本部としたのでした。

ケッチ――いつもみんなから「教授」と呼ばれていました――ケッチ教授は、頭の切れる科学者であるだけでなく、みんなを組織してまとめていくことにかけては、白ネズミにひけをとらない天才でした。そんなケッチでさえ文句のつけようがないほど、ホームの犬たちみんなが熱心に犬の博物館のために働きました。ホームの犬が一匹残らず、物を集めたり、運びこんだりしたのです。博物館長のケッチは、どんどん運びこまれるいろいろな標本を受けとったり、整理したりするのに、大いそがしでした。

博物館は自然科学にかぎらず、考古学をあつかう歴史博物館でもありました。おそらく骨についての部門が一番大きな部門だったでしょう。ただ、ぼくの意見を言えば、比較解剖学者に見せたら、あまり学問的な価値はないと言われたことでしょう。なにしろ、どれもこれも牛や羊の骨か、ブタの足の骨ばかりでしたから。

でも、ぜんぶがぜんぶ、そうではありませんでした。魚の骨もありました。実際、魚一匹まるごとの骨があって、ケッチ教授は得意そうに「世界最古の魚」というラベルをはるようにぼくに言ったのです。なるほど、古そうでした。レトリバー犬のブラッキーが、だれかがずっとむかしに注意深くうめておいた場所から、ほり出してきたのです。そのにおいは強れつだったので、アナグマ居酒屋（雑種犬ホームから少なくとも百メートルはなれていましたが）の連中が、なんとかしてくれと言ってくるほどでした。アナグマというのは、あまりにおいに敏感ではないのに、こんなひどいにおいがしては夜も眠れないと言うのです。ケッチ教授は、とてもこまって、アナグマは科学を理解しない低レベルでおせっかいなでしゃばりだと言ってやりました。しかし、ドリトル先生の家のむかいに住んでいる人からも苦情があったので、「世界最古の魚」は、ごみの山に逆もどりしなければなりませんでした。

　犬の博物館の考古学部門の資料は、自然科学部門よりもずっと多様でもりだくさんでした。ケッチ自身の貴重なプルーンの種のコレクションがあり、かさの柄とドアの取っ手のコレクションがありました。ほかにも、もっともっといっぱいあったのです。どんな犬にも、たいていはネズミをさがして、地面をほるくせがありますが、そのくせのおかげで、ずいぶんいろいろなお宝が発掘されました。なべのふた、曲がったスプーン、シルクハット、馬の足につけるてい鉄、缶づめの空き缶、鉄パイプの一部、こわれたティーポットなどなど、道具や家庭用品なら、ほぼなんでも出てきました。

偉大なドリトル先生ご自身がおはきになっていた穴だらけの靴下は、最も神聖にして重要な展示品でした。

　発掘作業をはじめて数日のあいだは、みんな熱にとりつかれたように夢中でほっていました。ジップと探偵犬クリングは、先生が「今パドルビーの町となっているところに、かつてローマ軍がキャンプをはったことがある」とおっしゃるのを聞いたことがあったので、がんばってほればかならず古代ローマの宝石類が見つかると思っていました。ご近所のへんくつなベローズ大佐のお宅のチューリップの花だんも、みんなでほってみました。球根ひとつほり出したところで大佐に見つかって追いかけられましたが、逃げおおせて、球根を持ち帰りました。こうして、博物館の植物部門ができました。問題の球根には、次のようなラベルがはられました。

「この球根は、有名な博物学者にして冒険家のジップにより寄贈されたものである。勇敢なジップは、やばんな現地人によって収集をじゃまされ、何キロも追跡された。しかしながら、追っ手をまいたジップは、この貴重な標本を犬の博物館に持ち帰ることに成功したのである。」

第二章　ケッチ教授

犬の博物館は、思ったよりもずっと長くつづきました。ぼくは、犬たちはただ目新しいアイデアに夢中になっただけで、あきたらすっかりやめてしまうだろうと勝手に思っていました。ところが、数週間もすると、いろんなものがどんどん集まって、体育館がいっぱいになりました。あるとき、レスリングの準決勝戦をしていて、グレート・デーンという大型犬がレトリバー犬のブラッキーをついたてのむこうへ投げ飛ばすと、ブラッキーは植物部門のまんなかに着地してしまいました。博物館のせいで、体育館がぎゅうぎゅうになってきているのは明らかでした。そこで二回目の議会が開かれて、体育も理科と同じくらい大切なのだから、くだらないものは捨てることにして、犬および犬の歴史にほんとうに関わりのある本物だけをとっておくことに決まりました。

ジップの有名な黄金の首輪（休日と特別なときだけにジップがはめる首輪です）は、展示品のなかでも特に異彩をはなっていました。ケッチ教授によれば、歴史上の偉大な犬がかんだ骨というものも何本かありました。雪のアルプス山脈で遭難した人を助けに行ったセント・バーナード犬の首についていたと教授が言う、お酒を入れる小さなたるもありました。（山で人を助けるセント・バーナード犬の首には、気つけ用のお酒のたるがぶらさがっているのです。）どうして教授がそんなことを知っているのか、だれにもわかりません。だからと言って、子牛の骨に、「これは、皇帝ナポレオンの妻ジョゼフィーヌがペットにしたプードル犬の幼少期のおもちゃである」というラベルをはっても、それはちがうと、だれにも言えないのでした。

いずれにせよ、最初に展示されていた、大量の金物やがらくたの代わりに、ひとつかふたつのガラスケースがおかれ、そのなかにとても価値のある小さな物のコレクションがならべられました。何年ものあいだ、このケースが博物館の常設展示となり、お客は、犬であれ人であれ、それをながめたのです。ただし、ケッチ教授は、お客を入れるときはかならず自らつきそうことにしました。お客が人の場合はケースに寄りかからないように、犬の場合は歴史的な骨を持ちさらないようにと、目を光らせていたのです。

『雑種犬ホーム物語集』の三話めは、ジップがどのようにして偉大な画家ジョージ・モーランドの絵のモデルとなって、足の悪い男の犬が主人のためにお金をかせぐのを手伝ってあげたか、ジップ自ら語った話です。四つめのお話には、ケッチ教授自身が呼ばれました。トービーやクリングがよくぼくに言っていたのですが、教授はかなりおもしろい生涯を送ってきたそうです。たしかに、一風変わった独特な犬ですから、さもありなんと思えました。ところが、お話をしてくださいと教授にお願いしても、なかなか引き受けてもらえませんでした。えらそうで、気骨のある小さな犬ということではトービーと同じなのですが、教授は自分のことを話したりじまんしたりしたがらないのです。むかしのことをたずねると、いつも博物館長の仕事がいそがしいからと言いわけをして、ことわっていました。

　しかし、博物館がかなり小さくなった今となっては、教授の仕事も少なくなりました。そして、ある日、ジップは、とてもうれしそうにぼくのところへやってきて、いよいよケッチが明日の晩、「運命をさがしに出かけた犬の話」と題する自分の生涯の話をすると約束してくれたと言いました。

　おもしろい話になりそうだと思ったぼくは、先生にお聞きにいらっしゃいませんかとたずねました。むかしでしたら、先生は犬たちの夕食後のお話会によく参加なさっていたのですが、最近は、そんなひまがほとんどないのです。でも、今度ばかりは特別ということにしてかならず行こうとおっしゃってくださいました。

　翌日の夜、犬たちの食堂は満員でした。メンバー全員が出席してお話を楽しみに待っていただけでなく、その日はたまたま第二金曜日で、お友だちを夕食にお客として連れてきてよいというゲスト・ナイトだったのです。

「私は、」と、ケッチ教授は話しだしました。「まずしいが正直な両親のもとに生まれました。父は働き者のアバディーン・テリア犬で、母はとても血統のよいウエスト・ハイランド・テリア犬でした。私たちの飼い主は、スコットランドで小さな農場を営んでおりました。父はいつも羊の世話の手伝いをしておりました。あまり大きくはありませんでしたが、羊の番をするのがたいへんじょうずで、羊をまとめたり、群れからたった一頭メスの羊だけを引きはなしたりといったことを、みごとにやってのけたのです。私ら子どもは乳さえあればよかったので、おなかいっぱい乳を飲んですくすくと育ちました。でも、おとなの犬に成長すると、そうはいきません。飼い主には、自分の家族や雇い人たちを食べさせる食料さえじゅうぶんにないのに、おなかをすかせたたくさんのテリアの子犬のめんどうなど見きれなかったのです。

　私たちは農家の裏手の馬小屋に住んでおりました。もう使わなくなった古い一区切りをもらい受けたのです。かわいたわらがぎっしりとしいてあって、ぬくぬくと暖かいところでした。ある夜、おそくまで寝つかれないで横になっていると、母のジェニーと父のジョックの声が聞こえてきました。

『ねえ、ジョック』と、母が言いました。『すぐに、この子たち、連れていかれてしまうわ。つい先日、農家のマクファーソンさんが話しているのを聞いたのよ。』

『うむ』と、父が言いました。『そういうことになりそうだな。でも、一、二匹は残しておくだろう。ケッチをここに残してほしいなあ。あいつは頭がよくて、今だっておれがばかな羊どもの世話をするとき、かなり役に立ってくれているからな。ほかの子は、あほだ。』

『あほですって！』母がものすごく怒って切り返しました。『どの子も父親に負けないくらいかしこいですよ、それはまちがいないわ。』

『わかったよ。それならそれでいいさ、ジェニー。』父は、眠ろうとして、わらのなかに鼻をうずめて言いました。どっちにしろ、母と言いあうつもりなどなかったのです。『好きにしなさい。だが、マクファーソンさんは、自分の家族もやしなっていけないほどびんぼうなんだから、子犬をぜんぶとっておいてくれるなんて思うなよ。』

そう言うと父は眠りにつき、私は考えはじめました。第一、こんなふうに、いきあたりばったりに、いいかげんに犬を捨てるなんて、ぜったいまちがっていると思いました。捨てられるとして、だれがひろってくれるのでしょう？　犬には権利などないのでしょうか？　父は、田畑をたがやし穀物を収穫する田舎の人たちにひけをとらずに、農場で毎日まじめに働く労働者です。それなのに父は、自分の子どもたちが、まるでリンゴかカブのように、だれかのところへやられてしまうことをなんでもないかのように話しているのです！　私はすっかり腹をたててしまいました。どうして犬には自分の好きなように生きることが許されないのだろうと考えて、夜おそくまで寝つくことができませんでした。ひどい話です。そのことを思うと、もうかっかとしてきて、おさまりませんでした。そして、眠りにつく前に、私は古い靴みたいに捨てられたりしないぞと決意をかためました。私は、農家の人と同じように、一個の生き物なんだ。そして、そのことを世間に認めさせてやろう、そのことを証明してみせてやろうと思ったのです。」

第三章　天才犬の冒険物語

「この私の話に注目すべきところがあるとすれば、ひょっとすると、それは自分の好きなように生きようとした犬の話だというところだけかもしれません。もちろん、ここにいらっしゃる多くの方も、好きに生きようとがんばってきたことでしょう。ですから、私はあまりお話をする気になれなかったのです。私の一生には、とりわけわくわくするようなことがあるわけではないのです。しかし、とにかく、私なりの小さな冒険は、みなさんの冒険とはちがっているでしょうし、私がどうやって自由を勝ちとったか、どのようにして独立したかというお話は、みなさんのお気に召すやもしれません。

　両親の会話をもれ聞いてから数日して、母が心配したとおりだとわかってきました。農場のマクファーソンさんは毎日のように友だちを連れてきて、私たちを見せたのです。子犬のうちのどれかをもらってもらおうとしたのでしょう。そして、どういうわけか、私は一番に選ばれました。おろかな太った男――やはり農場の人でしょう――

が、大勢のなかから私を選んだのです。私だったら、たとえ百万人のなかからでもこんな人を選んだりしません。この人には知性のかけらもなければ、なんというか、品のよさも、なんにもないんです。私をひっくり返したり、つっついたりして、まるで犬ではなくて、太らせて売るブタかなにかのように調べました。私はただちに、どんなことがあっても、こいつのものにはならないぞと心に決めました。幸いなことに、男は私をすぐに連れて帰ることができず、二、三日したらもらいにくるから、とっておいてくれ、とマクファーソンさんにたのみました。

　少年が冒険に乗り出す話なら聞いたことがありますが、犬の冒険物語なんて聞いたこともありません。でも、犬が冒険したっていいじゃないですか。考えれば考えるほど、おもしろく思えてきました。私はそれまで世の中のことなんてなんにも知りませんでしたが、あのおろかな男に連れさられたくなかったら、どこかへ逃げなければなりません。よろしい、それでは、いちかばちか、冒険に乗り出してみようではありませんか——そう、明日にも！

　翌朝、私は農場のみんなが目をさますよりも前に起きました。何本か集めておいてあった古い骨を赤いハンカチにくるむと、それをこの世の全財産として口にくわえ、自分の生き方を自分で決めるために出発したのです。その朝のことはよくおぼえております。秋の終わりで、まだ日の出の一時間ほど前でしたが、私が道を進んでいくと、年をとったオンドリが早くも、しわがれた声で、どんよりと冷たい朝もやをつんざいて、コケコッコーと鳴いておりました。遠くをふり返ると、盆地のぼんやりとした暗がりに、ごちゃごちゃと農家の建物が立ちならんでいるのが見えました。軽やかな気分で私はオンドリにしっぽをふって、たったかたったか道を走っていきました。

　それにしても、私はなんてものを知らなかったことでしょう！　今になってそれがわかります。文字どおり、なにひとつ知らなかったのです。農場のすぐ近くがどんなふうになっているかということすら知りませんでした。今走っている道がどこへつづいているのかもわかりませんでした。でも、そのときは、そんなことでさえ、冒険のわくわく感を高めてくれたのです。よし、この道をずっと行くぞ、と私は自分に言い聞かせました。そして、どんな運命が待ち受けているか試してみよう、と。

　一時間ほど走ると、むしょうに朝ごはんが食べたくなりました。そこで、道ばたの生け垣の下へもぐりこんで、骨の包みをあけました。そのなかから、あまりかみつくしていないハムつきの骨を選び、むしゃぶりつきました。私の歯は若くてじょうぶだったので、すぐに半分ほどかみへらしてしまいました。

　それでかなり満足したのですが、まだ少しおなかがすいていました。私が荷物を包み直して、ちょうど出発しようとしたとき、生け垣のむこうでガサゴソと音がしたような気がしました。ウサギでもつかまえられたら、もっとましな朝ごはんにありつけるかもしれないと思いながら、私はそっと生け垣の反対側へ、はっていきました。ところが、それはホームレスのおじいさんが原っぱで起きあがった音でしかありませんでした。どうやら、そこで一晩をすごしたようです。私は、仲間だと思いました。おじいさんも宿なしで、私のような路上生活者なのです。私はしげみのなかに身をひそめて、しばらくおじいさんのようすをうかがいました。野原には牛の群れがいましたが、やがて、おじいさんはそのうちの一頭に近づいていって、持っていた缶に牛乳をしぼりはじめました。そして、缶がいっぱいになると、寝床にしていた野原のすみに持って帰り、そこへおくと、どこかへ行ってしまいました。たぶん、なにかを取りにいったのでしょう。そのあいだに私は生け垣から出ていって、牛乳をぜんぶ飲みほしてしまいました。

　大いに満足して、私は道を歩きだしました。でも、数百メートルも行かないうちにひき返して、あのおじいさんと友だちになろうと思いました。たぶん牛乳のことで気がとがめていたんだと思います。とにかく私は、おじいさんにどろぼうを働いておきながら、このおじいさんが仲間だという気がしたために、とって返したのです。

　牧場のはしまでもどってくると、遠くでおじいさんがまた乳をしぼっているのが見えました。私はおじいさんが帰ってくるのを待ちました。それから、近寄っていって、おじいさんの前へ出ていきました。

『ああ、ちびすけめ！』と、おじいさんは、言いました。『それじゃあ、わしの牛乳をくすねたのは、おまえだったんだな。まあ、よい。また、しぼってきたからな。ここへおいで。名前はなんという？』

　おじいさんはちゃんとした人のようだったので、私はなかよしになりました。友だちになれて、うれしかったです。おたがいに、これからいっしょに旅していくことは、あたりまえのように思えました。食べものを見つけるのは、おじいさんのほうがずっとじょうずでした——ある面では。でも、私のほうがじょうずに取ってくることもありました。おじいさんは、農家で食事をめぐんでもらうと、いつも私にわけてくれましたが、私がウサギやキジをおじいさんのためにつかまえてくると、おじいさんは道ばたに火をおこしてそれを料理してくれたのです。私たちは力を合わせて、とてもうまくやっていました。

　いくつかの町を通りすぎて、おもしろいものをいろいろ見ました。おじいさんは、私をすっかり自由にさせてくれました。そのことは、おじいさんがいい人だったことの証《あかし》として、いつまでも忘れずにいたいです。夜のあいだは、凍えそうなときもよくありましたが、おじいさんは干し草の山の横っ腹に穴をあけたり、古い納屋の戸をこじあけたりして、眠る場所をじょうずに見つけてくれました。そして、横になるときは、いつも私の上にコートのはしをかけてくれたのです。」

第四章　子どもたちの思いやり

「ところが、新しい友だちとなったこのおじいさんが、私をうらぎる日がやってきました。おじいさんは、お金がほしかったのです。どこかよそへ行くための馬車代を手に入れたかったのではないでしょうか。よくわかりません。とにかく、ある日の午後、おじいさんは、ある農家の戸をノックしました。いつものように、食べものをわけてもらおうというつもりだろうと思いました。おじいさんが、出てきた女の人に『犬を買いませんか、奥さん？』と言ったときの私の恐怖を想像してみてください。

　私は、ひたすら逃げました。おじいさんをその戸口のところに残したまま、あともふり返りませんでした。人間を信じていたばかりに、ひどいショックで、そのときはもう、ただただ落ちこむばかりでした。私はひとりきりとなり、こまってしまいましたが、なおも成功を求めて道を進んでいました。むかっ腹がたってきたのは、あとになってからのことです。私を買ってもいないくせに、私を売ろうとするとは、なんというずうずうしさでしょう！　しかも、今までずっと相棒だった旅仲間の私を！　私はおじいさんのために何十四ものウサギやキジをつかまえてあげたというのに。そのお礼が、これだとは！

しょんぼりしながら、数キロ走っていくと、ボールで遊んでいる子どもたちと出会いました。いい子たちのようでした。私はいつだってボール遊びが好きでしたので、この遊びにくわわり、ボールがどこへ転がろうと追いかけていって、取ってきてあげました。子どもたちは私が仲間に入ったのをよろこんで、私たちはずいぶん長いあいだ、いっしょに楽しく遊びました。

　そのうちに子どもたちは、夕ごはんの時間だと気がつきました。私はどこで夕ごはんを食べられるかわからなかったので、みんなについていくことにしました。ひょっとすると、ごはんもいっしょにもらえるかもしれないと思ったのです。私がついていくと、子どもたちはなおさらよろこんでいるように見えました。けれども、おうちの門のところで、子どもたちがおかあさんに、私と遊んできたことや私があとからついてきたことを話すと、おかあさんは、すぐにほうきで私を追い払って言いました。

『野良犬には、いつもなにか病気があるのよ。』

　いったいまあ、どうしてそんなことを思うようになったのでしょう！　野良犬ですって！　この人に言わせれば、どこかのばかな人間に飼われていない動物は、みんな野良になってしまうんでしょうね。あわれな、なさけない動物ってわけです。まあ、とにかく、話をつづけますと、その夜、人間には二種類あるとわかったのです——自由になりたい犬を奴隷のようにしてしまう人間と、友だちになりたがっている犬を追い払ってしまう人間と。

おかあさんが私を追い払うと、子どもたちのうちの小さな女の子が泣きだして、この犬はおなかをすかせているんだと言いました。そのとおりでした。その子は、おかあさんよりもずっと、ものわかりがよかったのです。それで、私は、ちょっとした作戦を実行しようと思いました。そこで、どこかへ行ってしまうふりをしてみました。ほんとは、遠くへ行かなかったのです。そして、食堂に明かりがついたとき、おうちの別の部屋のブラインドにおかあさんの影が見えるまで待ちました。そうなれば、食堂では子どもたちだけで夕ごはんを食べていることになるからです。私は、食堂の窓へしのび寄って、窓わくへ飛びあがり、前足で窓ガラスをそっとたたきました。最初、子どもたちは、ちょっとこわがったのではないかと思いますが、すぐにひとりの子がやってきて、ブラインドのはしを持ちあげて、私が外の窓わくの上にすわっているのを見つけました。

まあ、長い話をはしょりますとですね、子どもたちは私をなかへ入れてくれただけでなく、おかあさんに見つからないように私を部屋にかくして、おまけにちゃんとした食事までくれたのです。そして、とっくに寝ているはずの時刻をすぎてから、ひとりの子が階段を下りてきて、私を子ども部屋へ連れてあがってくれて、大きなやわらかいまくらをおいてくれたので、私はその下にもぐりこんでねました。これこそ、思いやりというものです。こんなに手厚くもてなされた野良犬はいません。

朝になって、私はおかあさんに見つからないように、そっと外へ出て、ふたたび旅をはじめました。今度はひとりの子だけでなく、四人みんなが泣きじゃくりながら、門のところでさよならを言う私を見送ってくれました。あの子たちに思いやりをかけてもらったことは、私の生涯で最もしあわせなできごととして、いつもなつかしく思い出されます。あの子たちは、犬のあつかい方をちゃんと心得ていたのです。そんな人間はめずらしいです。あの子たちとさようならするのは、いやでした。野良犬はみんな病気だなんてひどいことを言うおかあさんさえいなければ、別れたりしなかったと思います。でも、そんなことを言われては、がまんできません。ですから、肉汁のかかったオートミールのおかゆ――子どもたちがこっそり朝食にくれたものです――をたっぷりおなかにおさめると、私はくじけぬ心で未来へむかい、次にどんな運命が待ちうけているのだろうと思いながら、道を小走りに進んでいったのでした。」

第五章　流れものの暮らし

「五キロほど行ったところで、朝もやのなかを、放浪生活をするロマ民族のキャラバンがゆっくりと進んでいるのに追いつきました。行列のうしろで、一匹の犬が、ネズミをつかまえようとどぶのなかを走りまわっていました。ロマ民族の犬なんて見たことがなかったので、とても好奇心にかられて、その犬のもとへ近づいて、ネズミさがしを手伝ってやろうかと言いました。ひどくムスッとした無口なやつでしたが、それでも私は気に入りました。そいつは私が仲間になることに反対するわけでもなかったので、私たちはいっしょになってネズミを追いかけまわしました。

　この無口な犬に少しずつ口を開かせることができたので、キャラバンでの旅暮らしはどんなものかとたずねてみました。この人たちも私と同じように道ばたで生活をしているわけですから、しばらくこの人たちといっしょに暮らしてみたらどうだろうかと本気で考えたのです。この犬が教えてくれたことから察するに、ロマ民族は犬をしばりつけたり、ちょっかいを出したりしないので、犬は自由に暮らせそうでした。

『食事はちょっと不規則だけどね。』私を好きになったのか、あまりむっつりしなくなった友だちは言いました。『でも、放浪生活そのものが不規則だからね。それさえがまんできたら、きっと気に入るよ。しょっちゅう旅をしているから、おもしろいし。とにかく、広い世界を見ることになるよ。つらいことはあるにしても、ペットみたいに、首にひもをつけられて散歩したり、いつも同じ道ばたで暮らしたりしているよりは、よっぽどましだろ。おまえさんも、ちょいとやってみたらどうだい？　おいらについてくればいいんだ。だれも気にしやしない。ロマ民族だって、君がキャラバンの仲間になったことに気もつきゃしないさ。少なくとも、最初の数日はね。』

　言われる前からその気になっていた私は、結局、放浪生活に参加することにして、まあだいたいはとても楽しい思いをしました。食べものについては、友だちの言ったとおりでした。『不規則』なんてのは、ひかえめな言い方でした。なんにも食べられない日が何日もあったのです。でも、友だちは、こういった生活を長くしてきていましたから、こまったときに食いつなぐコツをいろいろと知っていました。この友だちほど頭のよい食べものどろぼうは、ぜったいいないと思いますよ。いったいどこからとってくるのかさえわからないことが多かったですし、どんなに質問しても教えてくれませんでした。夕ごはんの時間が近づいて、私たちはどちらもおなかがすいて、空腹のまま荷車の下で眠ることになりそうだという夜に、マッジは何度も私に言ったものです――そう、この無口な犬は、マッジという名前でした。

『ちっくしょう！　腹ぺこのまま、寝たりしねえぞ。いいか、ケッチ。おいら、食いものを工面できるところに心当たりがあるんだ。ここで待っててくれ。』

『いっしょに行こうか？』と、私は言ったものです。

『えっと――いや。来ねえほうがいいな』と、マッジはつぶやいたものです。『狩りをするときは、ひとりのほうがぐあいがいいこともあるからな。』

　それから、マッジは、出かけて三十分もすると、ものすごいものを持って帰ってくるのです。ある晩などは、ステーキ・アンド・キドニー・プディングを、モスリンの布にくるまれたまま、なんと丸ごと、しかも、ほっかほかで持ってきてくれました。ロースト・チキンを持ってきてくれたときもあって、チキンのなかにはハーブのセージや玉ねぎがつまっていて両側にソーセージが串《くし》でつきさしてありました。

　もちろん、マッジがだれかさんの夕ごはんをちょいと失敬してきたのだということは、すぐにわかりました。『どこからくすねてきたの。悪いことをしてはだめだよ』なんて言っていられないほど、いつも私は腹ぺこでしたけれども、きっと、盗まれてばかりの奥さんたちは、こそどろマッジに対して、ののしりのことばを何度も浴びせたことでしょう。ただ、私がすごいと思ったのは、マッジがつかまりもせずに、それをやってのけたことでした。

こんな調子でしたが、たいていは楽しい生活でした。休日気分で、あちこちの市場に出かけて、いろんな町々を見ました。トービーに出会ったのは、そんなときでした。トービーは、ご存じのように、そのころは人形芝居『パンチとジュディ』の犬でした。ええ、気に入ってましたよ、放浪生活は。たいていいつも、田舎をめぐり歩きますから。そして、田舎では、犬の暮らしってとっても楽しいんです。どの小道をほってもネズミがいますし、牧草地ではいつもウサギを追いかけられます。道沿いの森や雑木林にはキジやヤマウズラがかならずいて、つかまえることができました。

　こうした暮らしは三か月ほどつづいて、前の暮らしと同じように、ふいに終わりました。それは、かなり大きな町の市場に来ていたときのことでした。ロマ民族は、うらないの店を出していました。ロマ民族の親分のおかあさんに当たるおばあさんが、トランプを使ってお客の運勢を言い当てるのです。ある日、とてもお金持ちの人たちの一行が運勢を見てもらいにやってきました。マッジと私は、テントの外でぶらぶらしていました。

『ここをずらかろうぜ』と、マッジは私にささやきました。『こいつらの顔が気に入らねえ。むかし、こんなふうにして、友だちをなくしたことがあるんだ。』

『どんなふうにして？』と、私。

『ああ、ジョーはね』と、マッジは言いました。ジョーというのは、キャラバンの親分の名前です。『ジョーは、キャラバンに犬が迷いこんできたって、すぐに気がつくようなやつじゃねえんだ。気がついたら売っちまおうとする……。おいらの友だちってのは、ウィペット犬〔グレイハウンドに似た競走犬〕だった。店に来た客のひとりがそいつを気に入って、ジョーはあっという間に売りとばしちまいやがった。おいらが売られなかったのは、あんまりかっこよくねえからだ。だが、おまえはちがう。おまえさんは、人の目を、特に女の人の目をひきそうな、かっこいい犬だ。いいから、おいらの言うとおりにしな。あの客たちが出てくる前に、ドロンするんだ。』

　マッジはもう出ていこうとしていましたが、私は呼びとめました。このうらないというやつに興味があったのです。おばあさんに、私の運勢をうらなってもらいたいと思いました。おばあさんは人の手のひらを読みます。私は自分の前足にある線を見てみましたが、かなり変わっているように思えました。どんな運勢なのでしょう。これからどんなことになるのか、とても知りたいと思いました。すばらしい運だぞという気がしていました。

『待ってくれよ、マッジ』と、私。『なにを心配しているんだ？　私はジョーのものでもないのに、なんでジョーが私を売るなんてことができるんだい？』

『そんなこたぁ、どうだっていいんだよ』と、マッジ。『ジョーはなんだって売るんだ。国会議事堂であろうと、首相がぬいだ上着であろうと――手に入りさえすりゃあな。悪いこたぁ言わねえ。ずらかれ。』

マッジの忠告はまともなものでしたが、私にとっては、少しおそすぎました。マッジについていこうとふりむいたとき、女の人がもう私を指さしているのが見えました。話しかけられたジョーは、女の人が私に興味をもったことにすっかり気をそそられたようでした。それから三十分ほどのあいだ、マッジはどこかへ消えてしまいました。私は、市場のなかの別の場所へ行って、客たちがうらないの店からいなくなるのを待ちました。

力持ちの男が重たいものを持ちあげる見世物を見物していると、マッジがうしろからやってきて、ささやきました。

『万事休すだ、ケッチ。逃げなきゃだめだ。あの女の人はおまえのことを気に入っちまって、ジョーから買うって言ってる。ジョーは、今、おまえをさがしまわってるぜ。』

『でも、』と、私。『その人がいなくなるまで、かくれていればいいんじゃないのかい？』

『むだだ』と、マッジ。『ジョーは、おまえがご婦人がたに売れる犬だってわかっちまったからな。おまえを売りとばさずにはおかないさ。それに、今回売れなくても、だれかほかの人が買いたがるまで、すぐにおまえにくさりをつけちまうだろうよ。』

『なんてこった、マッジ！』私はさけびました。『ほんとにそんなこと、するかな？　でも、教えてくれ。なんで君はそんな男と暮らしているんだい？　私といっしょに逃げたまえよ。』

　マッジは、ニヤリと笑って首をふりました。

『おいらは、ジョーで間に合ってんだ』と、マッジ。『まあ、紳士とはとても呼べねえけど、でも、おいらにとっちゃ、いい人だ。おまえは、よそものだからな。ジョーはおいらを自分と同じロマ民族だと思っていやがる。ロマ民族は、よそ者はきらうが、仲間は大切にする。もしもおいらが十ポンド〔約二十四万円〕で売れるほど、かっこいい犬だったとしても、ジョーはおいらを売ったりはしねえだろう。変わり者だよ、ジョーってやつは。でも、おいらのことは、いつもきちんとめんどうを見てくれる。……やめとくよ、ケッチ。おいらは、キャラバンといっしょにいる。ロマ民族といっしょにね。いったん風来坊となったらやめられないって言うだろ。おまえがいなくなったら、さみしくなるな。でも、まあ……元気でやれよ、ケッチ……さあ、もう行け。ジョーにつかまっちまったら、売りとばされちまうぞ。そいつはぜったいだ。』

　そこで、内心とてもさびしかったのですが――このふしぎなマッジという、口数の少ないロマ民族の雑種犬のことがとても好きになっていたのです――私は市場をあとにして、ふたたび運命の道をひとりで歩みだしました。

いやはや、世の中というのは、うまくいかないものです！　すてきな暮らしが見つかっても、いつだって、なんやかんや起こって、楽しくやろうとしていた暮らしがだめになってしまいます。

それでも、まだまだ見るべき世界はたくさんありました。それに、結局のところ、これまでの冒険では、私が求めていたあの理想的な独立した暮らしは、まだできていませんでした。うらないで運勢を見てもらえていればなあと、ざんねんに思いました。私は前足をもう一度見てみました。きっとよい運勢だったにちがいありません。天気のよい、すてきな日でした。私は暗い考えはさらりと捨てて、これからどんなことが待ち受けているだろうかとわくわくしながら、前へかけていきました。」

第六章　曲芸師

「その日は食べもののことで、ひどいめにあいました。一日じゅう、ほとんどなにも口にできなかったのです。夕方になると、ものすごく腹ぺこだったので、町へやってきました。ほかの犬が残した骨とか残飯とかをあさろうと思って、何軒かの家の裏庭をさがしましたが、『勝手になわばりに入った』と、いやらしい、しみったれた犬どもに二、三度けんかをふっかけられただけで、なにも手に入れることはできませんでした。

それから、死にそうにおなかがすいて、生きていくのもめんどうになりながら、通りをとぼとぼと歩いていました。町角で、曲芸師が演技をして見せているところへさしかかりました。さかだちや、宙返りなどをしています。ひとりっきりでした。すぐ前の敷石の上に帽子がおいてあって、ときどき人々が小銭をそのなかへ投げ入れていました。

私は考えました。この男はこうやって生計をたてているんだ、と。そう言えば、放浪生活をしていたとき、サーカスで犬のショーを何度も見たことがありました。そのとき自分もサーカスをやってみようかしらと思って、いくつかの芸を自分でも練習したことがあり、ずいぶんたくさんの芸を身につけました。さかだちもできますし、鼻の上に角砂糖をのっけてちんちんをしたり、宙返りをしたりすることもできます。よーし、と、私は思いました。この人がやっているように、この町の通りで、ワンマンショーならぬワンドッグショーをやってみたらどうだろう？　でも、お金を投げ入れてもらうための帽子がいります。ただ、私の場合は、お金じゃなくて、カツレツとかソーセージを投げてほしいなと思いました。そう、まずは、帽子を手に入れなくちゃなりません。

　帽子というものは、店とか、ごみの山とかにあるものだと知っていました。さっそく出かけていって、家々の裏をあさってみました。この町のごみの山には、いろんなものがありましたが、帽子はありませんでした。まったく、こまったもんです。どこにあるのでしょう？　帽子がなければ、はじまりません。帽子屋さんの前を通りかかりました。店の主人は、いそがしく帳面になにか書いています。カウンターの上にたくさんの帽子があり、床の上にも箱に入ってさらにたくさんありました。私はもうやぶれかぶれでした。こんなにたくさんあるんだから、ひとつくらいくれたっていいでしょう？　私は店に飛びこんで、いちかばちか、やってみました。ところが、いまいましいことに、箱から帽子を取り出すのに間に合いませんでした。店の主人が帳面を投げつけ、私を追い出しました。

私は通りに出ました。

『まあ、いいや』と、私はひとりごとを言いました。『どうにかして、帽子は手に入るだろう。』

角を曲がって別の通りへ入るところで、老紳士が通りを横切っているのを見かけました。もこもこに着ぶくれて、ふんぞりかえって歩いています。そして、頭の上には、エレガントなシルクハットが――私の芸に使うのに、ちょうどおあつらえむきの帽子が――のっていました。

『ああ！』と、私。『あの老紳士をつまずかせることができたら、帽子は転げ落ち、そいつを別の町へもっていってショーをはじめられるぞ。』

即決即行です。私は通りへかけだし、紳士の足のあいだを走りぬけました。紳士は足をもつれさせて、うめき声とともに、おなかから地面にたおれました。帽子はどぶへ転がりこみました。私はそれをくわえると、通りをぴゅーんとかけさりました。老紳士が立ちあがろうとするより早く、私は角を曲がって姿を消しました。

すっかり別の町へ入りこむまで走るのをやめませんでした。かなりの距離です。そこでようやく、もう安全だと思いました。ふと見ると、そこは、人通りのはげしい町角でした。

『さて、』と、私は思いました。『次にやるべきは、人を集めることだ。』

私は帽子を縁石の上におき、そのなかへ入って、力いっぱいほえたてました。やがて、通りすがりの人たちが、なにごとかと、立ちどまりはじめました。私はほえつづけ――たいこがあったらよかったのになあ、と思いました――それから、シルクハットから出てきて、見物客へおじぎをして、ショーをはじめました。ちんちんをし、さかだちをし、宙返りをしてみせました。さっきの曲芸師がやっていたのと同じぐらいの、いや実際、それよりもじょうずなショーができました。

見物客は、きつねにつままれたようでした。ただひたすら口をぽかんとあけています。それからたがいにたずねあいました。『飼い主はどこ？』『だれの犬だろう？』おろかな人々には、私が自分で自分のショーをやっているとは信じられなかったのです。しばらくして、人々はこう考えました。『これは新手の芸だな。ショーが終わるまで姿をあらわさないことで、この犬がどんなにみごとにしつけられているかを示そうとして、主人はどこかにかくれているんだ』と。そうして、小銭が帽子のなかへ投げこまれはじめました。それはそれでけっこうなのですが、私には小銭を食べることはできません。

しかし、人々はついに、私がほんとにひとりっきりだとわかってくれました。そして、見物客のなかの老婦人たちが、お金の代わりに、近くのお肉屋さんからお肉を私に買ってきてくれました。私がそれをさもおいしそうにむさぼりますと、またお肉屋さんからもっとお肉を買ってきてくれました。そのあいだにも、集まってくる人の数は、どんどん増えていました。やがて、宙返りをしながらも食べつづけて、もうおなかがはちきれそうになり、王国をくれると言われても、なにひとつ芸ができなくなりました。

まあ、芸を見せたおかげで、しっかり食事ができたわけですが、そのためにつかまえられそうになってしまいました。どうして人間というやつは、犬が自分で好きなように暮らしたいということをわかってくれないのでしょう？　ショーがはじまってまもなくして、見ていた親切な人たちの多くが、私を飼いたいと考えたのです。

『なんておりこうなワンちゃんでしょう！』と、老婦人がさけびました。『おうちへ連れて帰ってあげましょう。どなたの犬でもないならね。私があげたソーセージを食べるのをごらんになった？　おなかがすいていたのね。こんなおりこうさんには、ちゃんとしたおうちが必要よ。』

そこで私は、さっさと芸をおしまいにしようと決心しました。ところが、逃げだすのはたいへんだとわかりました。町角にはものすごい人だかりができていたため、行き来ができなくなってしまっていたのです。私のまわりを、かたい壁のように、人がぎっしりと取り囲んでいました。見物客の何人かが、だれが私を連れて帰るかと議論しはじめていました。私は人気者となったことをうれしく思ってもよかったのでしょうが、そうは思いませんでした。必死になって、逃げ道はないかと、あたりを見まわしました。

まったく突然、私が帽子を盗んだあの老紳士が、人ごみのはしにあらわれて、肉のかたまりだの、子牛のレバーだのがいっぱいにつまった自分のシルクハットが縁石の上にあるのを見つけました。老紳士はぷんぷん怒りながら、人をかきわけてこちらへやってきました。帽子を取りあげて、なかの肉を捨てているあいだに――私は、もらった肉の半分も食べられなかったのです――私は、老紳士が作ってくれた通り道を走りぬけました。人々の注意は、急に老紳士のなげきと、帽子を盗まれた話へむけられました。みんながそちらへ耳をかたむけているあいだに、私は通りのまんなかの、ひらけたところへと出ました。

ところが、人々はすぐに、私がいなくなったのに気づきました。

『つかまえろ！　逃がすな！　逃げていくぞ！』だれかが、さけびました。

角を曲がっていちもくさんにかけていくとき、町じゅうの人が追いかけてきていることに気づきました。

あんまりたくさんソーセージやら子牛のレバーやらブタのステーキやらを食べたも

のだから、走るのが、とてもつらかったです。でも、とにかく大切な自由を守りたければ、必死で足を前へ出すしかないことは、はっきりしていました。

幸い、あたりは、もうすっかり暗くなっていました。店がたちならぶ大通りをぬけて、ぼんやりと照らされた裏通りへと入りこむと、追っ手をまくことができました。

十分後、郊外のひらけた道をゆっくりと進みながら、私はひとりごとを言いました。

『まあ、今晩はかせぐことができたけれど、次回は、別の方法を試すことにしよう。』

第七章　修道院

ケッチの話がはじまってから、もう何時間もたっていました。みんなは、一生懸命耳をかたむけたまま、身じろぎもしませんでした。ぼくは、ずっとペンを持ちつづけて指がこわばっていました。（おぼえていらっしゃると思いますが、ぼくはこうした物語を速記で書きとめて、『雑種犬ホーム物語集』という本にまとめなければならないのです。）けれども、この奇妙な小さなテリア犬のお話にすっかり夢中になって、時間のことなどいっこうに気になりませんでした。先生もご自分の時計をごらんになったりはなさいませんでした。ですから、もしアヒルのダブダブがふいにやってきて、もう真夜中をすぎてずいぶんになるのだから、先生はお休みにならなければいけませんと言わなかったら、みんなは朝、ニワトリが鳴くまで、ずっとそこにすわっていたことでしょう。

そこで「運命をさがしに出かけた犬の話」のつづきは、次の日の夜ということになりました。

しかし、次の日の夕方には、みんな、お話を聞きたくてうずうずして集まってきていました。お話をお預けにされたので、かえって、早くつづきが聞きたくてたまらなかったのです。

「お話の次の章は、」と、ケッチはつづけました。「とても変わっています。平和だけど変わった生活をすることになったのです。年の暮れとなり、寒い季節になってきていました。あの怒った老紳士と町の人たちからもう追われることはないと思うと、私は、ちゃんとした寝床はないかとあたりに目を配りました。干し草の山ぐらいしか見つかりませんでしたので、そこに穴をほって、なかへ入ってうずくまりました。うとうとしかけたときに、凍えるように冷たい風が東から、小さなねぐらのなかへ吹きこんできました。とてもこんなところには住めません。干し草の反対側も試してみましたが、やはりよくなかったので、どこかよそへ引っこそうと決心しました。

いくらも行かないうちに、鐘の音が聞こえました。目をこらして、道ばたの暗闇をじっと見てみると、大きな石造りの建物が見えました。一方に、ぼんやりと明かりのともったステンドグラスの窓のある聖堂らしきものがあります。どうやらこのあたりに人が住んでいるのはここだけのようで、この建物だけがぽつねんと建っているのです。近寄ってみると、小さな聖堂にはローブをまとった男の人たちがおごそかに集まっています。明らかに修道院です。私のふるさとの農場の近くにも修道院があったので、そうだとわかりました。修道士たちは、夜のお祈りをしようとしていたのでした。

まあ、私は信心深い犬ではありませんでしたが、かといって頭のかたい犬でも、心のせまい犬でもありませんでした。ふるさとのスコットランドの農場の友だちのなかには、監督教会、長老派教会、メソジスト派、バプティスト派の犬がいました。これらはキリスト教のいろんな宗派の名前です。私の大のなかよしは、ユダヤ教の先生の飼っていたエアデール・テリア犬でした。この小さな聖堂は暖かそうだったので、寒い夜に外にいるより、なかに入りたいと思いました。ドアがもうすぐしまりそうです。私は行列にくっついて、夜のお祈りをしているところへ行きました。

ところが、どうやら修道士のなかには、宗教について私ほど寛大ではない人がいるようでした。私が入ってくるのをいやがったのです。私がローマ・カトリック教会の犬ではないから、こんなところへ入ってきてはいけないと思ったのでしょうか。ともかく、私が、すき間風が当たらない、空いているベンチを見つけて、気持ちよく丸くなってお説教を聞こうと思ったとたん、下っぱの修道士が私をつかまえて、ドアのところまで運んで、外へ出してしまいました。

これにはびっくりしました。修道院というのは、心やさしい場所として知られているものだと思っていたからです。路上生活者が風の強い夜、建物のなかで雨露をしのごうというのに、首根っこをつかまえて寒い外へほっぽり出すなんて、なんということでしょう？　どうしたものかと考えていると、オルガンが鳴りだして、修道士たちは聖歌を歌いはじめました。まあ、なんてひどい声でしょう！　私のほうがじょうずに歌えそうです。歌ってやりましょうか。私は聖堂のドアに寄りかかって、合唱にくわわりました。もちろん、歌詞は歌えませんが、人間たちと同じように音楽的に、音の流れを追っていくことはかんたんにできました。

　おどろいたことに、私が合唱にくわわると、オルガンが止まってしまいました。次に、聖堂のしまったドアのむこうから、ささやき声が聞こえてきました。

『悪魔かもしれませんよ、フランシス修道士。』ひとりの修道士の声がしました。『お祈りのじゃまをしようとしているのです。どんなことがあってもドアをあけてはなりません。』

　これはあまりうれしいことではありませんし、ありがたくもありません。ところが、すぐに修道士たちのなかで一番えらい修道院長が、いったいなにごとかとたしかめるために、聖堂のドアへやってきました。修道院長はとてもりっぱな人でした。のちに、私の大のなかよしとなる人です。悪魔であるにせよ、ないにせよ、修道院長は問題にたちむかうべきだと考えていました。そして、ドアをあけさせると、外の階段にすわっている私を見て、にっこりほほ笑みました。

『お入り、どこから来たのかな』と、修道院長は言いました。『なかへ入って、風と寒さをしのぎなさい。』

私は、もう一度すすめられるのを待たずに、すぐになかへかけこんで、ベンチの上で居心地よくしました。びっくりぎょうてんして、さわぎだす修道士も何人かいました。ところが、自分たちの修道院長さまが私を入れた以上、どうすることもできませんでした。そこで、修道士たちは、お勤めをつづけました。

お祈りが終わると、みな、ふたたび列をなして外へ出ていきました。とてもおごそかで、まじめな雰囲気でした。私も行列にくわわり、修道院長――とてもやさしい人だとわかりました――のそばにくっついていました。やがて行列は、ふたりずつ目をふせながら、聖堂のドアから、石だたみの廊下を進んで、別の建物へ入りました。そこには、うれしいことに、食堂がありました。おいしそうな料理のにおいが、鼻にあいさつをしました。身を切るような冷たい風のせいで、私はとっくにおなかがぺこぺこになっていました。

さて、私の修道院生活は数か月つづきました。それほど悪いものではなかったのです。修道士たちは、知り合いになってみると、とてもいい人たちでした。仲間に入れてもらった私は、どこにでも気ままに行き来を許され、なんでも好きなことをすることができました。その点では、私の生涯のなかで、最も自由で、最も楽しい時代でした。修道院長の老人は、とても楽しい人でした。生まれつき、たいへん陽気な性格でしたので、修道院の長という立場上、しかつめらしく威厳を保っていなければならないのが、つらいようでした。私とつきあうことで、不満を発散して、本来の自分にもどることができたのではないかと思います。だれも見ていないところで、私たちふたりは、カワウソやウサギを追いかけて、修道院の牧場の谷へとゆかいにかけっこをしたものでした。

修道院は、もちろん静かなところでした。それは否定のしようがありません。お祈り、庭仕事、農作業と家事が、生活のすべてでした。おだやかに毎日、同じことがくり返されました。でも、私は、そんな生活を思いきり楽しむことができました。食事と寝床をもらう代わりに、私は修道院や農場の建物のネズミを追い払ったのです。これは大仕事でした。私がコレクションをはじめたのは、このころでした。修道院長が地質学者で、石や岩のかけらを集めていたのです。私はその手伝いをして、いっしょにほってあげました。

そうです、修道院の犬だったころは、とてもおだやかな暮らしでした。もっと世界を見てみたいという欲望がなかったら、ずっと長くそこにいたことでしょう。しかし、ついに修道院やすてきな修道院長に別れを告げて、もう一度さすらいの旅に出発したのです。」

第八章　こまっている羊飼い

「真冬となり、住む家のないものにはつらい季節となりました。一、二週間、こんなにつらいことはないというほど、つらい思いをしました。氷のように冷たい大吹雪がしょっちゅう吹きすさんでいました。凍死しないとしても、腹ぺこで死にそうになっていました。このとき、ようやくわかったのです、どうしてわれわれ犬族は、人間にずっとたよってきたかということが。だれか人間にもらってもらおうかと何度も思いました。男でも女でもいい、どんなにばかでも、きびしくてもいいから、一日一度ちゃんとしたごはんをもらえて、つながれる代わりに温かい寝床がもらえればいいと思ったのです。

ある日、とことん落ちぶれて、おなかがすいて、次の食事はどうやって手に入れたらいいだろうと思いながらとぼとぼ歩いていますと、羊飼いが群れをまとめるのに手こずっているのを見かけました。そばに牧羊犬がいるのですが、ばかで、なんの役にも立っていません。

私はなにも食べていなかったので、よろよろしていましたが、『しめた、こいつはチャンスだ』と思いました。羊飼いは、こまり果て、とほうに暮れているのです。しかも風が、すさまじい台風のように、こちらへ吹きつけたかと思えば、今度はあちらへ吹きつけます。あたりはどんどん暗くなり、羊たちは、嵐におびえて、ちりぢりになってしまっています。牧羊犬は、助けになるどころか、足手まといでした。一生懸命やろうとはしているのですが、羊のまとめ方を知らないので、話になりません。私はふるさとの農場で父の手伝いをしていたのでやり方を知っていました。父はただのテリア犬でしたが、だれにも負けないほどじょうずな牧羊犬だったのです。

しばらくして、かわいそうな羊飼いは、自分の犬が役に立つどころか、かえってじゃまになることがわかって、口笛を吹いて仕事をやめさせました。私のチャンスです。私はあっという間に、その羊の群れのまわりを走って、羊飼いが入れようとしていた門のなかへ羊たちを追いこみました。いったん羊たちが囲いのなかに入ると、それで仕事はかたづいたので、羊飼いは大よろこびしました。私はしっぽをふりながら、そばへ寄っていきました。羊飼いは私の首にだきついて、泣きださんばかりでした。その夜、嵐のなかで羊の群れがばらばらになってしまったら、ほんとうに深刻な事態になっていたことだろうと思います。

こうしてはじまったふたつの友情は、長くつづきました。ひとつは羊飼いとの友情、もうひとつは牧羊犬との友情です。その夜は、ふたりといっしょに帰り、私はごほうびにおなかいっぱいのシチューと温かい寝床をもらいました。夕食の準備のあいだ、羊飼いが奥さんに、羊に逃げられてしまったと思ったときに、私が登場して助けてくれた話を語っているのが聞こえました。

しかし、この事件の奇妙なところは、この羊飼いは、教育もなくまずしいのに、私のことを利用して自由をうばったり、自分の犬としてなわをつけたりしなかったという点です。たぶん、自分が羊飼いであるがゆえに、私がプロの牧羊犬の技をもっていると認めて、尊敬してくれたのでしょう。私は、おそらく犬の歴史上初めてフリーのプロとしてやとわれたのであり、その仕事をつづけるのもやめるのも自分の自由にできたのです。

男はびんぼうではありましたが、すばらしい食事をくれました。自分が食べるものと同じくらいおいしいものを犬にくれたのです。私は牧羊犬の教育を引き受けて——コリー犬で、あまり頭はよくありませんでしたが、きちんとした犬でした——変化する天気に応じてどのように牧羊犬の仕事をすればよいのかを数週間かけて教えてやりました。

牧羊というのは、通りすがりの人が思うほどやさしい仕事ではないんです。羊は群れをなす動物です。いつだって群れているものです。天気がよいときと、悪いときでは、ぜんぜんふるまい方がちがいます。暑ければ、こんなふうにふるまうけれど、雨がふれば、あんなふうにふるまうといったぐあいです。もしあなたが牧羊犬であるなら——つまり、羊飼いの仕事がじょうずな犬であるなら——そうしたことを心得ておいて、それに応じて行動しなければなりません。

ともかくも、私は羊飼いの犬にひととおり教えてやりました。それは楽しい仕事でした。だれかに教えてあげるというのは、楽しいものです。二週間後、ラグルズ——というのが、そいつの名でした——は、かなり腕をあげて、たそがれどきに大吹雪がやってくるといったような、たぶん牧羊犬にとっては最もきつい状況でも、羊の群れをまかせておいて安心と思えるほどのりっぱな牧羊犬となったのでした。」

第九章　都会暮らし

「この生活にも修道院生活と同じような平和がありましたが、世界を見たいという自分のあこがれのために、この生活もやめようと思いました。そして、羊飼いとその犬にさようならを言ってふたたび出発する日がやってきました。羊のいる農場は少しさびしかったので、今度はしばらく町の生活をしてみたいなと思いました。そうして、私は大きな町へたどり着くまで旅をつづけました。まだまだ世間知らずだったので、犬が町へ行って人間みたいに住むなんてかんたんなことさ、と思っていたのです。ところが、それはとんでもないことでした。

　まず、住む場所を見つけるのが一苦労でした。がらんとした空き地にあった古い木箱に住むことにして、なんとかその問題を解決しました。そこは、ごみ捨て場でした。木箱は、犬小屋としては、こまった点が多くありましたが、ないよりはましです。雨風が穴から吹きこみましたが、穴をふさいで、近くのごみのなかから見つけてきたわらやぼろきれをしきつめると、ずっとましになりました。

もうひとつこまったのは、食料です。こいつはどんなときも、なやみの種です。でも、町ではたくさんの人たちが食事をしていて、たくさんの食料が売られているのだから、町のほうが手に入れやすいだろうと思っていました。ところが、実際は逆で、おなかいっぱい食べるのにこんなに苦労したことはありませんでした。

最悪だったのは、野良犬をつかまえる野犬捕獲員です。町では、ホームレスの犬は住むことが許されないのだと知りました。『ホームレス』というのは、犬の場合、飼い主がいないということです。役所の公衆衛生部と呼ばれるところが、とりしきっていました。町の通りを野良犬がうろついているのは衛生的ではないと考えられていたのです。

世の中には、冷たく、そっけないお役所がいろいろありますが、町の野犬捕獲員のいるところほどひどいところはないと思います。なぜって、こんなふうなのです。まず、荷馬車に乗った男が町をまわります。首輪をしていない犬や飼い主のいないような犬を見つけると、つかまえて、荷馬車にほうりこみます。それから、犬たちはある場所へ連れてこられて、持ち主か、もらいたいという人があらわれるのを待ちます。そして、数日しても、犬の引きとり手が出てこなければ、犬を殺してしまうのです。

いやはや、あの捕獲員の手から逃れるために、どれほど苦労をしたことでしょう！しょっちゅう追われている気がしました。生きた心地もしません。なんとか、逃げおおせることができましたが、町の生活はもうこりごりだと思いました。

　そんなある夜、家に帰ろうと思っていたところを、ほんとうにつかまってしまいました。まったくもって、おそろしかったこと！　情け知らずの古ぼけた荷馬車が、砂利道をがたごと進むあいだ、私はこれでこの命も終わりだと思いながら馬車のなかでちぢこまっていました。もっとも、私たちが連れていかれた〝家〟と言っていいのでしょうか、そこでは、意外なことに、とても親切なあつかいを受けました。おなかいっぱい食べさせてもらって、きちんとした寝床が与えられました。そうして、自分はだれかにもらわれるんだろうか、どうなるんだろうかと、ひどくやきもきしながら待っていたのです。

　三日目――というのは、次の日には殺されてしまうかもしれないという最後の日になりますが――ひとりのおばあさんがやってきました。どうやら、命を助けてあげられる迷い犬はいないかと、いつも見にくることにしていたようです。するどい老いた目で、すぐに私を選びだしてくれました。

『おや』と、おばあさん。『すてきな犬ね、あのアバディーン・テリアは。あの子に住む場所を見つけてあげましょう。』

　それから、おばあさんは、係の男に、私をもらってくれる人をだれか連れてくるから翌日まで私を生かしておくように、と言いました。

おばあさんは、そのとおりにしてくれました。私をもらってくれたのは、おとなしそうな、ちょっと変わった男の人で、私の首のまわりにひもをつけて連れて帰りました。私はその人に連れられて外へ出ていけるのが、うれしくてたまりませんでした。

その人のおうちに着いてみると、おばあさんのために私をもらってくれただけのことなんだろう、という気がしました。文句たらたらの独身男で、家のなかのものは、なにもかもきちっとしていなければ気がすまず、私がいすにあがったり、暖炉の前のじゅうたんに毛を落としたりしただけで、大さわぎをするのです。口うるさい老婦人よりやっかいな人でした。

一週間いっしょにいたあと、私は『自分がいなくなれば、この人は、私のめんどうを見なくてもよくなって、とてもほっとするだろう』と思いました。そこで、あのひどい野犬捕獲員にまた出会わずに町から出られるよう、夜に出発することにして、家を出たのです。」

第十章　世捨て犬

「今度は、人っ子ひとりいないところへ行こうと心に決めていました。人間にはかなりがっかりしてしまいました。がっかりしただけでなく、ひどくいやな思いをさせられました。人間は、この世界をあまりにも自分勝手にしすぎているように思えました。ほかの生き物に対して、人間のほうがずっとえらいような態度をとるのは、まったく理不尽なことです。そこで、今度は、人間と関わりあいにならないようにしようと思いました。私は、犬だって、ほんとに独立独歩でやっていけるということを、人間に対してのみならず、自分に対して証明したかったのだと思います。

　そんな目的におあつらえむきの、人間がやってこない場所なんて、なかなか見つかりません。道々出会った犬に聞いてまわったところ、その気になれば犬でも静かにかくれて暮らすことができそうな大きな森とか荒野があると教えてくれました。そうした場所は、どこも、とても遠いところにありました。私は話に聞いて一番いい場所に思えたところを選んで、そこへむかって出発しました。

休まずに旅して三日かかりました。とちゅう、田舎道からどんどん人が少なくなっていきました。とうとう目的地に着いてみると、たしかにうらぶれた、むしょうにさびしいところでした。一部は山になっていました。そのほかは、とても広い森と、イバラのしげった丘があるだけで、そこにかくれているのはおくびょうな野生動物ぐらいでした。犬が世を捨てた生活をするのに、これほどふさわしい場所はありませんでした。

まず、あたり全体をすっかり探検してみて、谷だの、やぶだの、ひとつ残らずおぼえました。それから、うろのある古い木を見つけました。クマでも住んでいそうな大きな穴です。そこは、とても住み心地のいい家になりました。風も嵐も、なかへ入ってきません。しかも、ふつうの家や犬小屋のようにカラリと乾燥していました。森のとても奥深く、うっそうとしたところにあったので、かりに道に迷った人がそんなところまでやってきたとしても、だれにも見つからないようなところでした。すぐ近くの山沿いには、すてきな小川が流れていて、いつでも水が飲めました。ウサギはたくさんいるようでしたし、ヤマウズラやヤマシギも多いようでした。リスもいましたし、小さなえものはたくさんいました。冬でも森は、すてきなにおいにあふれていて、とても魅力的に思えました。

『よーし。』最初の晩、私は自分のねぐらにしとめたウサギを持って帰ってきて、寝る支度をしながら自分に言いました。『決めた！　人間だの、人間のおろかな文明だの、もう知るもんか。ここで私は野生の犬として、独立独歩で、自分だけをたよって、やっていくぞ。先祖がそうしていたように、野生に生きるんだ。これこそが生きるということだ！　人間なんか、どうとでもなってしまえ！』

やればできると証明しようとして、実験してみたわけです。私は、完全に自給自足の独立した暮らしを森のなかで送って冬を越しました。つらいことはたくさんありましたが、やりとおしました。もちろん、食べるものは、ほとんどいつも生肉でした。大きなマスが渓流の岩場にうちあげられていたりすれば、魚も食べましたが、そうしょっちゅう食べられるものではありません。マスというのは、かしこいやつで、めったに油断しないのです。しかし、週に一、二匹はつかまえることができました。カワウソが土手のシダのしげみにじっとかくれていて、チャンスが来ると、まるで自分が魚になったかのように、氷みたいな水にざぶんと飛びこんで、川のなかで魚と格闘するのをこっそり見守っていたのです。狩りのやり方を、カワウソやイタチから、いろいろと学びました。

多くの点で、ほんとにすばらしい生活でした。でも、しばらくすると急に、自分がすっかり満足できているわけではないことに気づきました。たしかに、自由も、独立も、ほしいものはぜんぶありました。でも、それだけでは足りないのだという気持ちは、どうにも否定しようがありませんでした。私はいつの間にか、さびしげな小さな農場をふらふらと訪れるようになっていました。その農場の牧草地は、森のはしのむこうの、ヒースの草の生いしげる荒野に接していました。最初、どうしてそんなことをしているのか自分でもわからなかったのですが、やがて、自分はほかの犬と会って話をしたいのだと気づきました。私は、ある一匹の農場のオス犬に『いっしょに暮らそう』と口説いて家出をさせ、二匹でとても楽しい暮らしをはじめました。私が、自給自足の野生生活とはどんなものかを見せてやり、カワウソやキツネから学びとった狩りの方法をたくさん教えてやると、たいへんよろこばれました。それに、仲間といっしょに狩りをするのは、ひとりでするよりも、もちろんずっと楽でした。

ところが、数週間もすると、ふたりとも、なんだかつまらなくなってしまいました。かなりとまどったのですが、ふたりでついに話しあいをして、やはり私たちは人間といっしょに暮らしたいのかもしれないという結論に達しました。最初、そんなことはありえないと、どちらも思っていたのですが、それでも、つまるところはそういうことだと認めるしかありませんでした。人間といっしょの生活は、ここでの生活では得られないなにかを与えてくれるのです。あの農家のおじさん、あの羊飼い、あの子どもたちといっしょに、散歩したり、ゲームをしたり、ぶらぶらしたりして楽しい時をすごしたことを思い出しはじめました。ある晩、友だちが私に言いました。

『ねえ、ケッチ。問題なのは、ぼくらはやろうと思えば野生動物みたいに、ひとり暮らしができるけど、そうしたいとは思っていないということなんだよ――少なくとも、ずっとそんな暮らしがしたいとは思っていないんだ。ぼくらの先祖は、何世代も人間の家で暮らしてきたから、ぼくらは今や、人間たちが与えてくれるものがなつかしくなっているんだよ。ぼくがいたあの農場には、小さな男の子がいた。見たこともないような、へんてこな、うすい黄色い髪の毛をしたおちびさんだ。あんな子が恋しくなるなんてことは、ぜったいないと思っていた。あの子は、秋にキノコをさがしにいくときは、いつもぼくを連れていってくれた。春には鳥の巣やスイレンの花をいっしょに取りにいった。そして今――おかしなことに――また、あの子に会いたくてしかたがないんだ……もしぼくが君と別れて、あの農場に帰ったら、君はすごくいやかい、ケッチ？』

　私にどんな返事ができたでしょう？　その質問をされたとき、私はすぐに、友だちにとってのみならず、私にとっても、この実験は終わったのだと気がつきました。友だちといっしょに野生生活をしたあとで、ひとりでそれをつづけるのは、たえがたいものとなるでしょう。

『わかったよ』と、私。『たぶん私は、たいていの犬よりも独立心が強いんだ。けど、君の言うことももっともだね。それでも、私は人間の文明社会へ帰るとすれば、ある条件つきでなければいやだ。自分のことは自分で決めたい。くさりにつながれたり、あれこれの規則を守らなきゃいけなかったりするのは、ごめんだ。』

『それじゃ、先生のクラブに入ってみたらどうだい？』と、友だちは言いました。

『先生？　クラブ？』と、私。『なんのこと？　先生ってだれ？　クラブってなに？』

『あのね』と、友だち。『ぼくは先生が今どこに住んでいらっしゃるかは知らないけど、どんな犬だって、先生のうわさを聞いたことがあると思うよ。ドリトル先生というんだ。ぼくが知っているかぎりでは、イングランド西部のどこかに住んでいらっしゃる。いろんなうわさを合わせると、とてもすばらしい人だよ。犬たちが自分で経営するクラブをお作りになったんだ。もちろん、ある程度の規則はあるけれど、メンバー自身が必要だと考えて定めたものしかないんだ。先生をさがしてみたらどうだい？』

　こうして私は、初めてドリトル先生のお名前を聞き、雑種犬ホームのことを知ったのです。それこそが、私がそれまでずっとさがし求めてきた場所なのだと、すぐにわかりました。すなわち、犬が犬だけでやりたいようにやることもできれば、人間と対等な立場でつきあうこともできるという、そういう場所なのです。友だちが農場へもどったとき、私もいっしょについていきました。森のすみかは、とってもすばらしい場所でしたが、そこをあとにすることに悔いはありませんでした。友だちとは農場でお別れをして、私は先へ進みました。もちろん、そのあたりはとても自然に満ちていて、さびしいところでしたから、ほかの犬に出会って道を聞いたりすることもできませんでした。やがて、村や町へやってきました。そこでたずねてみると、どの犬もドリトル先生のことは聞いたことがあるようでしたが、どうやったら先生のおうちに行けるのかはっきりと教えられる犬は一匹もいませんでした。先生はしょっちゅう旅行をなさるから、今も海外かもしれないよと言った犬もいました。

まだ野犬捕獲員がこわかったので、私は大きな町はさけて通りました。たいていのうわさでは、先生はイングランド地方の西部にお住まいだということだったので、そちらの方角に旅をつづけました。

そのうちに、たいして大きくもなければ小さくもない町へやってきました。市場では人形芝居『パンチとジュディ』がかかっていました。この手の見世物はいつも大好きだったので、私は足を止めて見入りました。とたんに、うしろから別の犬がやってきて、私の名前を呼びました。ふり返ってみると、それはうれしいことに、むかしの友だちのトービーでした。トービーは、自分もその芝居をするので、プロとして大いに興味をもって芝居を見ていたのでした。

私たちはおしゃべりをはじめ、ジョン・ドリトルという人を聞いたことがあるかと私はたずねてみました。すると、トービーは、このえらい先生といっしょに暮らしているのみならず、私がやってきたこの町こそ、先生のふるさと、湿原のほとりのパドルビーであると言うではありませんか。私がどれほどよろこんだか、お察しください。トービーは、私をその有名なクラブに入れてあげられるかもしれないので、おうちへ連れていってやろうと言ってくれました。

こうして、私の旅は終わりました。私は、野良犬となり、ロマ民族の犬となり、見世物犬となり、修道犬となり、プロの牧羊犬となり、世を捨てた野生の犬となったのです。それほどたいした経歴ではないかもしれませんが、少なくとも、バラエティーに富んでいます。私は、この快適な環境に落ち着くことができて、とてもしあわせです。」（ケッチは、広い食堂と二重ドアのむこうにある体育館のほうに、前足をふって感謝を表明しました。）「ここでの生活こそ、私が思い描いていた快適な独立独歩の生活にほかなりません。この雑種犬ホームが長年にわたって繁栄することを心より願っております。ご静聴、どうもありがとうございました。」

第十一章　ちょんまげテリア犬

ケッチ教授は、その前に話をしたほかの犬と同じように、大きな拍手を受けました。拍手がおさまると、ジップがクラブ会長として立ちあがって、観客を代表してケッチに正式なお礼を述べました。

そのあとで、ジップは、ケッチにつづいて話す犬を決めていなかったので、「今晩のお話会の残りの時間をうめるのに、だれか、なにか提案はないだろうか」とたずねました。

すると、一匹の犬が立ちあがりました。セント・バーナード犬とマスチフ犬とのあいだに生まれた犬で、「先生についてのお話がよいでしょう」と発言したのです。これまで聞いてきたお話はそれなりにおもしろかったけれども、みんな、ジョン・ドリトル先生その人についてのお話を聞きたがっているのではないか、と思ったそうです。

ジップは、それはいいアイデアだと同意しました。それから、自分以外に、先生と長い時をすごしてきた犬を数えあげました。道化師の犬スウィズル、人形芝居「パンチとジュディ」の犬トービー、探偵犬クリング、レトリバー犬のブラッキー、ブルドッグのグラブがいます。どの犬にも、先生とすごしたときのできごとで、おもしろいお話になるものをなにか思いつくかと順にたずねました。

　ところが、どの犬もとっさに、お話としてまとまるようなものを思い出すことはできないようでした。そこで、海の犬（この犬はすでにわくわくするような深海への冒険のお話をしてくれていました）が、立ちあがって言いました。

「ジップ自身が先生のお話をするべきだと思うよ。だれよりも長くドリトル先生のことを知っている犬だからね。」

　これには、みんなが「そうだ、そうだ！」と応じました。そこでジップは、立ちあがって、なにか返事をしなければと思いました。

「わかった」と、ジップ。「じゃあ、ドリトル先生がどうやって、ちょんまげテリア犬を発明したかという話をしてやろう。もちろん、みんな知ってるように、先生は、犬が純血種かどうかなんてことはあまり気になさらない。性格がいいか、頭がいいかってことのほうが、先生にはずっと重要なんだ。さて、何年か前に、バトルブリッジ伯爵というだんなを亡くした高貴な生まれのお金持ちの貴婦人がいて、このご婦人が、先生はえらい人だって気づいたんだ。こいつはちょいとしたことだぜ。なにしろ、人間どもは、たいてい先生を変人あつかいするからね。だからこそ先生は世間とのつきあいを断って動物世界にこもってきたってことは、みんな知ってのとおりだ。ところが、バトルブリッジ伯爵夫人は、ちがってた。実のところ、この人は、いろいろ、ふつうじゃないところがある人だった。すごい動物好きで、先生の動物医学の知識に心から敬服してたんだ。まあ、世間の連中と同じように、先生が動物語を話せるなんて信じられなかったにしても、先生が動物たちに考えを伝えて、どうしてほしいかわからせるすばらしい才能をもっているということはわかってくれた。この人は自分でもたくさん犬を飼っていて、犬の品種にかなりくわしくてね。ありとあらゆる犬の品評会に出席して、審査員をつとめることもあったんだ。

　この人は、飼っている犬が病気になると、いつも先生に診ていただいて、『本物の獣医は、イギリスには先生しかいない』って言っていたよ。飼っている犬のなかに、ジュアニタというとてもかわいい小さなプードル犬がいてね、品評会で優勝した最高級の純血種というすぐれものだ。

　ある日、ジュアニタがいなくなっちまった。伯爵夫人は絶望したね。新聞各紙に広告を出して、探偵をやとってさがさせて、八方手をつくしたけど、だめだった。品評会で優勝したプードル犬ジュアニタは、まるで、ぱっかりとあいた大地に飲みこまれちまったかのように、ぷっつりいなくなっちまったんだ。

　ある晩、おれと先生が研究室にいると、窓をトントンとたたく音がした。おれには、それがなんの音かすぐわかった。前にも聞いたことがあったからね。それは、ロンドンのスズメのチープサイドがくちばしで窓ガラスをつっつく音だった。

『よう、センセ』と、入ってくるなりチープサイドは言った。『あの最高級のプードル犬ジュアニタがどこにかくれてるか、知ってるかい？　センセんちの馬小屋だぜ。』

『馬小屋だって！』先生はさけんだ。『イギリスで一番ぜいたくな家があるというのに、なんてところを選んだもんだ！』

『うん。でもまあ、聞きなよ、センセ』と、チープサイドは、近寄って、声をひそめてこう言ったんだ。『それだけじゃねえんだ。子犬が生まれたのさ、五匹もね。見たこともねえような、へんてこなちびどもだぜ。フィジー島の人たちみたいに、頭にちょんまげがあるんだ。まるでイタチが、裁縫に使う針山を頭にのっけたみてえだぜ。きっとジュアニタは、そんな子どもが恥ずかしいんだろうぜ。まったくもって、おかしな風体だからよ。そんで、かくれちまってんのさ。』

『まあ、とにかく』と、先生。『すぐに行って、見ることにしよう。』

　そこで、おれたちはランタンに明かりをともして、馬小屋へ行ってみたわけさ。古い飼い葉おけの下、わらや落ち葉のあいだに、ジュアニタと子犬たちがいた。チープサイドの言ったことは、あながち大げさじゃなかった。ほんとにへんてこだったんだ。最初は、犬だとぜんぜんわからなかったぜ。犬のにおいがしたんで、ようやくわかったぐらいだ。

『なんてこった、ジュアニタ』と、先生は言った。『ずっとこんなところにいたのかね、どうして教えてくれなかったんだい？』

『あのう』と、ジュアニタ。『伯爵夫人に対して先生がおこまりになるようなことになってはいけないと思ったのです。それに……あの……私……あのう。』

　ジュアニタはへんてこな子犬たちを見て、口を閉ざした。ものすごく気まずそうで、もじもじしていた。

『この子たちは純血種ではないんです、先生。』ジュアニタがついに言った。『伯爵夫人がなんておっしゃるか、この子たちをどうするかわかりません。正直、こわいんです。伯爵夫人は、ご存じのように、最高級の血統の犬しか飼いませんから。』

『いや、』と、先生。『私には、この子たちはとてもかわいいと思えるがね。このちょんまげは、とてもユニークだ。私に言わせれば、すごくかっこいいよ。かしこい子たちかね？』

『ええ、それはもう。』ジュアニタは、目をかがやかせて、母親としての誇りをもって胸をはった。『今まで産んだなかでも、最高にかしこい子たちです。』

　そうと聞いちゃ、先生の目の色も変わるってもんだ。とうとう、先生はこのへんてこな子犬たちに夢中になっちまって、馬小屋からおうちへ連れ帰って、家政婦役のダ

ブダブにひどくいやがられることになったわけさ。子犬たちは家じゅうを走りまわるもんだから、だれだって家のどこを歩こうと子犬につまずかずにはいられないんだ。だけど、先生がおっしゃるように、この子犬たちがひどく変わっているってことはまちがいなかった。かしこいなんてもんじゃない。気味が悪いほど、頭がいいんだ。前代未聞だ。たいてい、犬が人間のことばをおぼえて、その意味もわかるようになるには、何年もかかる――わかるようになる場合でもだぜ。ところが、このちびすけどもは、どんなことばでも、たちまちにしておぼえちまうらしいんだ。ダブダブは怒りまくって、すぐに馬小屋に連れ帰ってくださいと言いつづけたけど、先生はこうおっしゃった。

『いや、ダブダブ。この子犬たちには、おどろくべき動物知能があるのだよ。ここにおいておかなければならん。研究したいんだ。ほんとうに頭がいいんだ、ダブダブ――ほんとうに頭がいいんだよ！』

『雑種です』と、ダブダブは切り返した。『しかも、かっこ悪い雑種です。』

『かまわないよ』と、先生。『この子たちの存在は、動物知能の明確な進歩を示しているんだ。』

それまで、子どもたちがどうなることかと心配をしたり、恥ずかしがったりしていたジュアニタは、最も頭のいい子犬たちの母親として、鼻高々になりはじめた。先生は、あらゆるテストをして、そのかしこさを証明した。いつの日か算数や理科もおぼえさせようっていういきおいだったね、国会議員に立候補させようとまではいかないにしてもだ。先生はとても興奮して、かかりきりになっていた。

　ジュアニタは馬小屋にいるってチープサイドが教えてくれてからあまり日がたたないうちに、先生は、バトルブリッジ伯爵夫人に知らせるべきだと思った。なにしろ、夫人はまだ、最高級のプードル犬がいなくなったことで、とても気落ちしていたんだ。知らせを聞くと、やさしい夫人は大よろこびして、すぐにジュアニタを家へ帰してほしいとお願いした。だが、かわいそうな子犬たちは純血種でなかったために、夫人はまったく興味を示さなかった。そこで、先生は、まる二時間もかけて、夫人の考え方がまちがっていると説明したんだ。

『よろしいですか』と、先生。『ジュアニタがこの世にとんでもなくかしこい犬を産んだということのほうが、ある種の血筋を守ることよりもずっと重要なんですよ。』

　先生は、この子犬たちがすばらしい知能をもっていることについて長いこと熱弁をふるったので、伯爵夫人も興味をもった。見せてくださいということになって、先生は夫人をすぐにおうちに連れていって見せてあげたんだ。

　子犬たちが夫人の心をわしづかみにするのはあっという間のことだった。でも、夫人はしばらく夢中でかわいがったあとで、少し恥ずかしそうな顔をした。

『まあ、ちょっと、ごらんになってくださいまし、先生！』夫人はさけんだ。『頭に、すてきにへんてこな、ウールの房のようなものをつけちゃって。かわいいですこと。でも雑種ですのよね。うちにはおいておけませんわ。』

『ええ、わかります。しかし、結局のところ、』と、先生。『犬の血統というのは、とても人工的なものです。現在人気のある品種のどれも、純粋に自然のままの犬ではありません。ブルテリアも、ポメラニアンも、ブラック・アンド・タン・テリアも、そもそも別の品種をかけあわせて生まれてきたのです。唯一ほんとうにまじりけのない品種は、イヌイット民族のそり犬、オーストラリアのディンゴと呼ばれるもの、そのほか一、二品種ほどです。さて、私からの提案はこうです。あなたは社会やケネルクラブ（愛犬家団体）に対して、有名な犬の権威として知られています。あなたなら、ジュアニタがこの世に産んだこの新種を世間に広めて、それを流行させることができます。つい先月、サー・バーナビー・スコログレーは、短い尾のボリビア産ビーグル犬と呼ぶ新種を作ったばかりですよ。あの犬たちには、ゴキブリほどの知恵もない。私はあの犬たちと話をしたから知っているんです。ところが、ジュアニタが産んだこの子犬たちは、これまで私が会ったどんな犬よりも頭がいいんです。』

　伯爵夫人は考えた。実のところ、夫人は、サー・バーナビーの奥さんであるレディ・スコログレーにひどく嫉妬《しっと》してたんだ。レディ・スコログレーもまた、よく知られた犬の権威であり、ケネルクラブの品評会では何度も審査員をつとめていた。スコグレー家のボリビア産ビーグル犬の人気をあっという間に超えるような新種を出すというアイデアは、伯爵夫人にはひどく魅力的に思えたんだ。

『そうですわねえ！』と、とうとう夫人は言った。『それで、先生、この新種をなんとお呼びになるのかしら？　ケネルクラブに登録されたどんな犬ともちがっていると思いますけれど。』

『ちょんまげテリアと呼びましょう』と、ドリトル先生。『スマートな犬にスマートな名前。きっと人気が出ますよ。』

『そうですわねえ！』と、夫人はふたたび言った。『先生のおっしゃるとおりかもしれませんわ。たしかにすごく魅力的な子たちですもの……。ええと――あのう――少し考える時間をくださいまし。』

　翌日、伯爵夫人は先生を訪ねてきて、先生のおっしゃるとおりにすることにしましたと告げた。子犬たちはみなブラシをかけられ、ちょんまげは、フランス人の理髪師にとてもスマートな形にくしでととのえられた。それから、子犬たちは伯爵夫人の邸宅へと連れていかれ、ぎょうぎょうしく、名誉をもってむかえられた。

　この結果は、まさに先生が予言したとおりになったんだ。一週間で、ちょんまげテリアは大人気となって、伯爵夫人はどこへ行くにも一、二匹連れていった。夫人は、その方面ではたいへんな重要人物だったので、この見たこともない犬は話題にのぼり、うわさとなり、新聞にも書きたてられた。だれもがこの品種がなんなのかを知りたがった。ちょんまげテリアだと教えてもらうと、その名があちこちでくり返された。でも、伯爵夫人は先生より一枚上手だったね。スコログレー家がボリビアからビーグル犬の新種を出してきたのに対抗して、夫人は、ちょんまげテリアは南洋の遠くの島から生まれたのだというすばらしい物語をでっちあげたんだ。そして、ついにはフィジーちょんまげとして知られるようになった。フィジーちょんまげを飼っていないようでは、あっという間に時流に乗りおくれるってわけさ。伯爵夫人のもとへは、この品種について知りたいという手紙が殺到した。『どこで手に入るのですか？』『なにを食べますか？』などなど。

　夫人はよろこんだね。だって、この新種は、スコログレー家のボリビア産ビーグル犬よりもずっと人気者になったんだ。しかも、それだけじゃなくて、この犬たちがほんとうに頭がよくて、生まれながらに魅力にあふれていたおかげで人気が出たからさ。フィジーちょんまげは、帳簿つけと天文学よりやさしいものであれば、なんだってできると有名になった。それに、少なくとも今のところ、ほとんど値段のつけようがないほど貴重だ。なにしろ、たった五匹しかいなくて、イギリスじゅうのおしゃれなご婦人がたが、みな競いあって、手に入れようとしたんだから。

ちょうどそのときロンドンにご滞在中だったペルシア〔現在のイラン〕国王は、テヘランへ一匹連れて帰らないではすまないとだだをこねた。伯爵夫人は、ペルシアでどんなあつかいを受けるかわからないからと言って、すぐことわったんだが、イギリス首相から、この外国の君主の気まぐれをかなえてやってほしいと特別なお願いがあったので、ジュアニタの子どものうちの一匹は、ペルシア国王の一行とともに出航した。その後わかったところでは、その子犬は下にもおかぬおもてなしを受けたそうだが、国王のハーレムでおかしを食べすぎて、ものすごく太っちまったって話だ。

先生はとてもよろこんだ。というのも、こいつは、いわば大成功だったからね。

『これでわかるだろ、ジップ』と、先生はある晩、暖炉の前で新聞をお読みになりながら、おれに言った。『犬の純血種が雑種よりもすぐれているなんて考えが、まったくばかげているってことが。ふつうの雑種犬を、最新流行の犬にしてやったわけだ。上流階級の人たちにちょっと手伝ってもらうだけでね。なにもかも、流行の問題だよ、ジップ。単なるはやり。それだけさ。』」

第十二章　犬の仕事

　ジップがちょんまげテリアの話をし終わった夜から数日して、先生は、ふたたび雑種犬ホームの夕食後のお話会にご出席になりました。いつものように、先生にお話をしてほしいというお願いがありました。

　先生は立ちあがって、「もうしわけないが、今なにも思いつかない。しかし、ケッチが牧羊の仕事について話していたことに、とても興味をもっている」とおっしゃいました。

「それは」と、先生はつづけました。「犬がだれよりもじょうずになにかをやってのけられるという例だ。ほかにも、犬ができることはいくつかある――プロとして、という意味だ。その経験談は、たとえ長い話にならなくても、ためになるから、聞く価値があるだろう。ここにいる犬たちのなかで、プロとして仕事をしたことのあるものは、立ちあがってくれないか？」

　それに応じて、とてもおどろいたことに、観客のなかから十数匹の犬が立ちあがり、注意をひこうとして、前足やらしっぽやらをふってみせました。番犬をしていたものもいれば、イヌイット民族のそりチームで働いたものもいれば、子どもたちの泳ぐ海岸で救助犬をしていたものもいました。あるセント・バーナード犬は、アルプスの有名な修道院でやとわれて、雪山の嵐から道に迷った旅人を助けていたと言います。別の犬は、目の不自由な人を引っぱって町の通りを歩いたり、その人が働くお手伝いをしたりしていたと話しました。ブラッドハウンドという種類のおかしな老犬は、逃げだした囚人をつかまえる警察犬として牢屋《ろうや》でやとわれていたそうです。別の二匹は、オランダで野菜ののった手押し車を馬みたいに引っぱって働いたと言います。動物虐待防止のキャンペーンのために背中にブリキの箱をのっけて町をねり歩き、人々にお金を入れてもらうというボランティアのための募金をしたと言うものもいます。スポーツ界で働く犬たちは、銃で撃ち落としたえものをひろってきたり、えものを追いつめたり、えものの場所を主人に教えたりするという猟犬がやる仕事を長年やってきました。そのほかにも、いろいろとありました。

「なるほど、これでわかるように」と、先生。「ここには生活のために仕事についたことがあるたくさんのメンバーがいるわけだ。近々だれかがその経験談とか、自分がしていた仕事について少々話してくれたら、とてもおもしろいと思う。」

　結局、先生がおっしゃったとおりになりました。それぞれの犬が自分のやっていた仕事について短い話をしたり、その仕事についているあいだの経験談を話したりしたのです。これらの話をぼくは書きとめて、『雑種犬ホーム物語集』という本のうちの「犬の仕事」という章にまとめました。

第二部

第一章　虫のことば

『雑種犬ホーム物語集』は全二巻となる予定でしたが、このころ、その第一巻を書き終えようとしていたぼくは、先生に別の仕事を手伝ってほしいとたのまれました。そして、そちらの仕事があまりにいそがしくなったので、ほかのことはしばらくできなくなってしまいました。

その別の仕事というのは、虫のことばの研究です。何年ものあいだ、先生は根気よくその研究をなさっておいででした。以前お話ししたように、先生のお宅には、チョウチョの家という、部屋ぐらい大きな金網でかこわれた特製のお庭があって、そこでチョウチョや蛾《が》の幼虫を羽化させて、放し飼いになさっているのです（『ドリトル先生航海記』77〜78ページ）。そこは、お花がいっぱいで、チョウチョがしあわせに暮らすために必要なものはすべてそろっていました。

それから、スズメバチ、アシナガバチ、ミツバチ、アリといった連中のためには、特別の道具やおうちがありました。研究のあいだ、虫たちがしあわせに自然の状態でいられるように、すべてがととのえられているのです。

トンボやカワゲラなどの水辺で生まれる虫のためには、水藻や水草を入れた何百もの小さな水槽を用意しました。ゲンゴロウも同じように水槽に入っています。実のところ、先生がいずれは話を通じさせようと時間をかけてこなかった種類の虫などないのです。先生は、〝聞きとり機〟と呼ばれる、感度のいい機械をたくさん作っていました。

モールス信号が発明されて世間を大いにさわがせたのも、ちょうどこのころでした。ドリトル先生は、こうした科学の進歩が自分の研究に役立つだろうと大いに期待なさっていました。バンポとぼくは、虫の電気実験のために特別な小屋を建て、先生は、そこに電池やら装置やらを足のふみ場もないほどぎっしりおいて、それらの装置がいずれは虫のことばに関する問題を解決してくれるはずだと信じていらっしゃいました。

しかし、つい一、二週間前、先生がぼくに打ち明けたところでは、こんなにがんばって実験を重ねたにもかかわらず、なんの成果もあがらなかったそうです。ですから、犬の食堂で、ぼくがまさに『雑種犬ホーム物語集』第一巻の最終章を書き終えようとしているところへ、先生がいきなり飛びこんでいらして、ぼくの腕をつかんで、息急《せ》き切って「ついてきてくれ」とおっしゃったとき、ぼくがどんなにおどろいたかおわかりいただけることと思います。ぼくは先生といっしょに、虫の家へかけつけました。

そこで、さまざまな聞きとり機を前にして、先生は、とうとう結果が出たのだと説明しようとなさいました。これでついに長年の夢が実現することになると先生は確信なさっていました。

それはかなり科学的で、おそろしくこみいった話で、ぼくには、ほとんどちんぷんかんぷんでした。たいてい「振動数」だの「音波」だのに関することのようでした。こういったときの先生はいつもそうですが、あまりにも夢中になって、ほかのことはすべてわきへのけられ、お忘れになってしまうのでした。

「スタビンズ君」と、先生。「君に秘書や筆記の仕事をしてもらいたい。たいへんな量の記録をとってもらわなければならんのだ。私は、この結果に大いにおどろいている。急に結果が出たんだよ――まったくだしぬけにね。スズメバチと、毛虫――というよりウジ虫――と、イエバエと、蛾と、ゲンゴロウという五種類の虫と会話するとっかかりを、一挙に打ち立てたんだ。私の見こみどおりなら、これは、わが研究生活の最高の瞬間となるぞ。さ、仕事にかかろう。」

それから何日も――たいていは夜も――ぼくらは仕事をしました。いやはや、働いたのなんの！　ダブダブは絶望していました。ぼくらは食事になかなか顔を出しませんでしたし、食事ぬきで働くこともあったのです。先生は毎日夜おそくまで仕事をするのみならず、朝早くに起きていらしたので、ぼくはたいてい、眠っているか、寝ぼけているかしました。ちょうど、クモザル島へ行く船のなかで先生が魚のことばを聞きとるのに初めて成功したときのことが思い出されました。

先生は虫をおうちへ持ち帰っては、バケツや、ビスケットの缶や、ティーカップなど、いろんなものに入れました。おうちはもう、見たこともないほどのちらかりようです。寝室にも、台所にも、応接間にも、研究室にも——どこへ行っても——ウジ虫の入ったつぼや、スズメバチでいっぱいのガラスびんや、ゲンゴロウでいっぱいのおわんがあるのです。それでは足りぬとばかりに、先生は、もっともっと虫を持ってきます。ぼくらは、虫かごをたくさん持って、何キロも何キロも田舎を歩いて、これまでより実験材料にふさわしい特大のゲンゴロウやら新種のスズメバチやらをさがしまわったのでした。

気の毒なブタのガブガブは、スズメバチに刺されっぱなしでした。なにしろ、家じゅうスズメバチだらけなのです。ダブダブはどうしたかと言えば、ウジ虫が新たにもちこまれるたびに、もうたとえようもないくらい怒り心頭に発していました。先生がごらんになっていないときに、いくらか窓から外へ投げすてたぐらいです。でも、結局いつも、「ここにあった缶はどこへやった？」と先生に責められていました。なにしろ、どんなにたくさんごちゃごちゃと小さな缶を家じゅうしきつめようと、そのひとつでもなくなれば、先生にはすぐわかったからです。

第二章　外国の虫

正直言って、ぼくは虫たちとほんとに個人的な会話ができるようになったりはしませんでした。しかし、ドリトル先生が虫と会話をしていたことはうたがいようがありません。これについては、証拠があるのです。スズメバチにさかだちさせて、残りの四本の足を空中でふらせるなんてことは、スズメバチにそうさせるだけのことばを知っていなければなりません。そして、それを――そればかりではありませんが――先生がなさるのを、ぼくは見たのです。

もちろん、先生が大きな動物相手に何気なく自由自在になさるような会話のようにはいきません。虫の考えは動物とはちがっていますから、そうした考えを伝えることばだってちがっているのです。とびきり大きな虫は別として、すべての虫に対して〝聞きとり〟なるものが、例のひどく複雑で感度のすぐれた機械を用いてなされました。

あらゆるすき間風や、振動は、注意深く防がなければなりませんでした。のちに、バンポとぼくは、このために特別な第二の小屋を建てました。どんなにはげしく足音をたてたり、ぶつかったりしても、機械がびくともしないように、がんじょうな床にしました。しかも、ぴったりな温度に空気を温める、かなり精密な装置もついています。というのも、たいていの虫は、活動する時期の気候より室温がさがってしまうと、すぐに眠ってしまうということに先生がお気づきになったからです。一般的に言って、暑ければ暑いほど、虫は活発に動き、よくおしゃべりをするようになりました。しかし、もちろん、真夏の暑さよりも暑くするわけにはいきません。

虫のことばを「聞きとる」と言っていましたが、実際には、たいてい、聞くのではなく、振動だの、ブーンという音の周波数だの、羽の動きの速さだの、そのほか虫がたてるかすかな物音や動きだのを機械で記録するのです。かなり大きな虫であれば、機械を使わずに耳で聞きとることもできました。はっきりとした結果が出たのは、いろいろな種類のイナゴやセミといったような、外国産の虫でした。どうやってこうした外国の虫が手に入ったかということについては、ちょっとおもしろいいきさつがあります。先生は何羽かの鳥たちにお願いして、あちこち外国へ旅をしてもらい、バッタやコオロギなどの幼虫や卵を持って帰ってきてもらったのです。もちろん、そんなことをお願いできるのは、ふだん虫を食べている鳥で、虫をつかまえるにはどこへ行けばよいかわかっていて、見つけたら虫の種類もわかるような鳥です。それから、とってきてもらった卵や幼虫を、おうちにあるふ化箱に入れて成虫へと育てたのです。

この虫のことばの新研究から先生が得た情報のほとんどは、さまざまな種や属の博物学に関するものでした。ぼくはそれを先生のために六十冊以上の分厚いノートにとりました。しかし、先生がさらに親しく話ができた場合には、虫の暮らしや社会について、その虫ならではの、おもしろい体験談をたくさん聞くことができました。一般の読者には、こういった話のほうが、ぼくらが七、八か月かかりきりで収集した純粋な科学的データよりも、ずっと楽しめるでしょう。ある種類のチョウチョには、とてつもない想像力があることがわかりました。語ってもらった話のなかには、ぼくらを楽しませようとでっちあげたものではないかという気がしてならないものもありましたが、ほんとうらしく思われる話もありました。いずれにせよ、今からすぐ、ひとつふたつお話ししますので、どうぞご自身で判断してみてください。

ドリトル先生のおうちのものたちは、虫が大きらいなダブダブのほかは、先生のこの新しい研究に大いに関心を寄せました。そして、ノートに新たな章を書くたびに、サルのチーチーや、フクロウのトートーや、ブタのガブガブたちがぼくを取り囲んで、読んでくれとねだるのでした。こうして、ここに記した物語のほとんどは、ぼくが台所の暖炉のまわりで、みんなに語ってあげたものなのですが、それはちょうど先生が毎晩暖炉のそばでお話をして、おうちのみんなを楽しませてくださった、あのなつかしいむかしの日々そっくりでした。

第三章　タンジェリン

最もおもしろい虫は、ある一匹のスズメバチでした。もちろん先生は、ものすごい数のスズメバチで実験をなさっていましたが、このスズメバチは、ほかよりもいい成績を出したのです。この小さな生物は、かなり頭がよくて、部屋が暖かければ、とてもおしゃべりになりました。ドリトル先生に馴《な》れると、先生がどこへ行こうと、ペットのネコのように家のなかを先生についてまわったものでした。先生にさわられても、刺そうなどとは夢にも思わないようで、先生の左耳から二、三センチのところの、えり《カラー》にとまらせてもらうと、うれしくてたまらないようすでした。この虫をタンジェリンと名づけたのは、ガブガブでした。それというのも、このスズメバチにどんな食べ物が一番好きかを先生がたずねたところ、黄色いジャムが好物だと言ったからです。ぼくらは、アプリコット、モモ、マルメロ〔洋ナシに似たくだもの〕、ヴィクトリア・プラムなどを試してみました。しかし、とうとう、タンジェリンから作ったマーマレードのことだとわかったのです。

そこで、この虫専用のマーマレードのつぼを与えたところ、たいへんよろこんでくれました。でも、あげすぎてはだめだと、すぐにわかりました。いっぺんに、おどろくほどの量を食べすぎてしまうのです。そして、眠りこけて朝起きると、ひどく頭が痛いと文句を言います。ある晩、また食べすぎて、つぼのなかへポトンと落ちて、なかでひっくり返ったまま、大好きなマーマレードにおぼれかかって、うれしそうにしていました。ぼくらは、なかからつりあげるように取り出して、お湯で洗ってやらなければなりませんでした。羽もどこもかしこも、当然ながらジャムでべとべとになってしまっていたからです。このとき、白ネズミが手伝ってくれました。傷つけないでスズメバチの足や顔を洗ってやるほど小さな手をしているのは、白ネズミのほかにいなかったからです。

マーマレードが大好きというところだけが、タンジェリンの欠点でした。それ以外は、とても気だてがよくて、「スズメバチみたいに怒りっぽい」なんていう言い方は、ちっともあてはまりませんでした。ガブガブは前にスズメバチに刺されたことがあったので、ひどくこわがっていましたが、ほかのものはおびえたりしませんでした。ただ、わがもの顔に、家じゅうのいすやソファーやベッドの上をはいまわるので、その上にすわってしまうのではないかといつもびくびくしていなければなりませんでした。

タンジェリンが語ってくれた昆虫世界のできごとや物語のなかでも、『われ、いか

にしてバンカールーの戦いに勝利せしか』という話が、ぼくらのお気に入りでした。
こんなふうに話してくれました。

「バンカールーの戦場は、気持ちのよい谷にありました。まわりのなだらかな山には、ブドウ畑やオリーブの林が広がっています。ここは、多くの人間どもの戦争が戦われた歴史的な場所です。というのも、ここの自然の地形が戦争をするのにちょうどよかったからであり、三つの国が接し合っている、きわめて重要な場所だったからでもあります。そのあたりの野原やオリーブの木の幹には——それぐらいひろびろとしたところならあたりまえのことですが——スズメバチの巣がむかしからいくつかありました。もちろん、同じスズメバチがずっと住んでいたわけではなく、伝統や民話などが世代から世代へと受けつがれてきました。そして、われわれが一番おそれ、いやがったのは、人間どもの戦争でした。ほんと、戦争なんて、うんざりです！　だって、いいですか、ぼくの母の一生のうちでも、あの場所で二度も戦争があったんですよ。

　そう、雄牛が赤い布をふられるとカーッとなるように、ぼくらにとって戦争は、カーッとなるほどいやなものでした。戦争なんて、おろかしい、命のむだづかいです。美しい谷の両側から、大砲やら馬やらなにやらをたずさえて、軍隊がやってきます。何時間ものあいだ、両軍は、おぞましいにおいのする火薬で撃ちあって、木々を根こそぎぶっ飛ばし、スズメバチの巣をすっかりだめにしてしまいます。何週間もかけて作った、できたばかりの巣だってあったのに。そして、何時間も戦ったすえ、どこかへ行ってしまいますが、あとには死んだ人間や馬が何百も転がって、何日かすると、それがひどくにおってきます。火薬よりもずっといやなにおいです。

　それでいて、なにかに決着がついたわけではないんです。なぜなら、一、二年すると、軍隊はもどってきて、また戦争をして、さらに自然を傷つけてしまうのですから。

　まあ、ぼくは、まだ若いスズメバチなので、この目で戦争を見たわけではありません。それでも、年上の親戚《しんせき》から、いろいろ話を聞いていました。ある晩、新しく作った巣に最後の仕上げをしているとき、おじさんが入ってきて言いました。

『おい、その仕事はもう、やらんでもいいぞ。また、戦争だ。』

『どうしてわかるの?』ぼくは、たずねました。

『谷の入り口で、人間どもがまた準備をしているのが見えたからさ』と、おじさんは言いました。『こないだみたいに、山の中腹にでかい大砲をすえつけていやがる。こないだと同じ将軍が指揮をとっている。ヒゲプウ将軍とか言ったな。あいつのやる戦争は、ひでえもんだ。』

　これを聞くとぼくは、なんとかしなければと熱い気持ちで体に火がついたようになりました。できたばかりの巣を守らなければと思ったのです。翌日、ぼくはようすを見に出かけました。谷の南側へ飛んでいくと、そこではたしかに、赤い上着を着た男たちが巨大な大砲を斜面にうめこんで自然を破壊していました。そのうしろには見わたすかぎり、テントだの、つなぎとめられた馬だの、火薬を積んだ馬車だの、そのほかいろんな戦争の道具がずらりとならんでいました。

谷の反対側へおりてみると、別の軍隊が同じことをしていました。どちらも用意がととのい次第、たがいに谷のまんなかへ進み出て、おろかな戦争をしようとしているのです。

翌日、朝早く、軍隊ラッパが鳴りひびき、たいこが打ち鳴らされたので、目がさめました。仲間のスズメバチのためになにかできるのではないかとまだ思っていたものですから——といっても、なにができるかわかりませんでしたが——ぼくは巣を出て、またもや偵察に出かけました。

谷のまんなかあたり、片方の山の中腹に、こんもりと高いおわん型の丘がありました。その上に、人間や馬の姿が見えました。ぼくはようすをさぐるために、近くへ飛んでいきました。

位の高そうな服を着た人間どもが、馬に乗った男のまわりにむらがっていました。男は、ずいぶんえらそうにしていて、双眼鏡で、谷の上や下や、あちらこちらを見ていました。使いの者たちが四方八方から次々にやってきて、知らせを告げては去っていきました。

これがかの有名なヒゲプウ将軍にちがいないと、ぼくは思いました。とは言え、こうした名前はたしかなものではありません。ぼくたちスズメバチが勝手につけた名前ですから、ほんとうの名前ではないかもしれないのです。将軍をヒゲプウと呼ぶのは、将軍がいつもその長い赤い口ひげの下からぷうっと息を吹くので、話すときに口ひげがセイウチのひげみたいに口の前でゆれるからなんです。ふたつの軍隊は、コッパミジン軍とブットバセ軍と呼んでいましたが、これもほんとの名前ではないかもしれません。ヒゲプウ将軍は、ブットバセ軍の陸軍元帥でした。

将軍がこんなに高いところまであがってきたのは、明らかに、戦いのようすをよく見るためでした。それに、自分は安全な場所にいたかったということもあるでしょう。口ひげを吹きつづけているようすから見るに、どうやら将軍はすごい――最もしっちゃかめっちゃかな――戦争をするつもりのようです。ぼくたちの美しい谷を将軍があとにするときには、たおれた木や死傷者や、けがをした馬でいっぱいの、とんでもない荒れ地となってしまうでしょう。

ぼくは、将軍がそんなところから、えらそうに命令をくだしているのにむかっ腹がたって、どんなことでもやってやるという気になっていました。でも、なにができるでしょう。こっちは、あまりにも小さな生き物です。ただのスズメバチです！

やがて、軍隊ラッパが谷に鳴りひびきました。ほぼすぐつづいて、大砲がドドドーンとうなりました。馬という馬は落ち着かずに動き、将軍とその士官たちは、くらにまたがったまま、見世物を見物しようと、前かがみになりました。

戦争がはじまったのです！

さて、バンカールーの戦いの目的は、この谷をうばいとることでした。うばいとったら、この谷をどうしようかなどということは、どちらの軍も考えていなかったでしょう。でも、戦争なんてそんなものです。谷は自分たちのものだ、と言いあうのです。ぼくたちにとって、どちらが勝とうがどうでもよいことでした。どちらも谷をうばおうとして、谷をめちゃくちゃにするに決まっています。ぼくたちスズメバチは、戦争をやめてほしかったのです。

大砲が最初にうなりをあげたときに馬が落ち着かずに動いたのを見て、ぼくは、あることを思いつきました。ぼくが飛んでいって、ヒゲプウ将軍の鼻をチクリと刺しても意味がないでしょう――ぜひそうしてやりたいとは思うのですが。ところが、将軍の馬をチクリと刺したら、ひょっとしたら、なんとかなるかもしれません。馬は、完《かん》璧《ぺき》に手入れの行き届いたクリーム色のりっぱな馬でしたが、気性があらくて、ひどくそわそわしていました。

さあ、善は急げです。ぼくは将軍を乗せた馬に飛びつき、わきばらを刺しました。かわいそうな馬にしてみれば、めいわくな話です。ぼくは、刺したあとであやまろうと思ったのですが、馬の耳が遠くて声が届きません。

たちまち、おどろくべきことが起こりました。馬はぴょーんととびあがると、ぼくと将軍を乗せたまま全速力で丘をかけおりはじめたのです。そのとき、両軍とも谷の中央へむかって行進していました。びゅんびゅんと馬が切る風に飛ばされないように、必死でしがみついていなければなりませんでした。ぼくは、わきばらをよじのぼり、馬の別のところを刺してみました。すると、馬はいっそう速く走りました。

　騎兵隊がすでに突撃をはじめている谷底までやってくると、馬がむきを変えて騎兵隊のほかの馬といっしょになって突撃するんじゃないかと心配になったぼくは、三度めにチクリとやりました。これで馬はものすごいスピードになったので、ぼくはふり落とされ、うしろを飛ぶことになりました。馬に追いつこうなんてむりでした。馬はどんどん先へ進み、谷の平地を横切って、反対側の斜面をのぼりだしました。

　さて、さきほど申しあげたように、ヒゲプゥ将軍はブットバセ軍の指揮官でした。その軍の騎兵隊は、自分たちの有名な将軍が時速何十キロかわからない猛スピードでいちもくさんに戦場から逃げていくのを見ると、すっかり気落ちして、戦う気力をなくしてしまいました。そして、騎兵隊も逃げだしたのです。それで、戦争は終わりました。

　コッパミジン軍の将軍は、バンカールーの戦いの大勝利の勲章をたくさんもらいました。しかし、」と、タンジェリンは、遠慮がちにつづけて、話を終えました。「戦いに勝ったのは、ほんとは、ぼくなんですよ。……さて、もう少しマーマレードをいただけますか。」

第四章　イギリスの虫

かわいそうなダブダブは、このところ見たこともないほどかっかとして、いらいらしていました。

「もう、いや。」ある晩、ダブダブは泣きそうになって、ぼくに言いました。「むかし、先生が足の悪いアナグマだのリウマチの野ネズミだので、おうちをいっぱいにしたときだってひどかったけど、これはその一千倍もひどいわ。私が一生懸命、おうちをきれいにしようとしたって、先生が虫だらけにして、おうちをめちゃくちゃにするんですもの。最近じゃ、地下食料庫のクモとお友だちになっていらっしゃるのよ。クモの巣は、払ってはいけないんですって。何年もかけて、ゴキブリのいないおうちにしようとがんばってきたのに、昨晩、先生はランタンをかかげて、あちこち、ゴキブリをおさがしになっていたの。

『ねえ、ダブダブ』と、先生はおっしゃったわ。『うちにも少しはゴキブリがいるはずだね？』

『いません』と、私は申しあげたわ。『追い出すのに長い時間かかりましたけど、とうとうやりとげたんです。私の台所には、一匹だって、ゴキブリなんているもんですか！』

『おやおや！』と、先生はつぶやいたわ。『話がしたかったんだがな。そうだ、マシュー・マグの家にはゴキブリがいるだろう！』

　そして、あのろくでなしのマシューからゴキブリをもらいに、お出かけになったんです。もちろん、この家に連れてこられたら、あっという間に増えて、家じゅうゴキブリだらけになってしまいます。それというのも、先生がゴキブリと話したいからですって。いったい、ゴキブリがなにを言うかなんて、どうだっていいじゃありませんか？　クモがなにを言おうと知ったことですか。それが先生の悪いところです。つまり、その――わかっていらっしゃらないのよ――生活ってものを。」

「まあまあ、ダブダブ。」ぼくは、なぐさめるつもりで言いました。「今の研究は、長くはつづかないかもしれないよ。博物学の新しい分野がとてもたくさんあって、どれも、いつも先生の気をひいているんだ。来週には、すっかり新しい研究をなさるなんてこともありえるから、そしたら、おうちはもとどおりに、ちゃんとなるよ。」

　ダブダブは、悲しそうに首をふりました。

「当てになりませんよ」と、ダブダブ。「これからまだ〝聞きとり〟をなさろうという虫がどっさりいるんですもの。だって、トミー、先生が先日なんておっしゃったか、知ってる？」

　家政婦役のアヒルは声を落として、こそこそと肩越しにあたりをうかがいました。

「ジップに聞いていらしたのよ、ノミに話はできるだろうかって！」

「で、ジップは、なんて？」ぼくは、たずねました。ダブダブの顔に浮かんだ恐怖の表情を見て、ぼくはニヤリとせずにはいられませんでした。

「あのね」と、ダブダブ。「幸いなことに、ジップは先生をその気にさせるようなことは言いませんでした。『ノミですって？』と、ジップはうなったわ。『あいつらができるのは、刺すことだけですよ。あんなやつらと関わりあいになっちゃいけませんよ、先生。きたねえやつらですからね！』って。」

　このとき、ドリトル先生が、小さなおぼんにウジ虫をのせて、部屋へ入っていらっしゃいました。

「スタビンズ君」と、先生。「これを使って実験をしたいんだ。すぐに来てくれたまえ。十七号の聞きとり機で実験をはじめよう。」

「いやだ！」と、ダブダブは、おぼんをちらりと見て、うなりました。「ねばねばして気持ち悪い！」

　先生とぼくは、てきぱきと実験用機械のある小屋へ行き、仕事をはじめました。すると、なかなかいい結果が出ました。ウジ虫のうちの何匹か——特に、大きくて生き生きとした白い一匹——は、ダブダブの言ったことの意味がどういうわけかわかったらしく、かなり腹をたてていたのです。

「ねばねばして気持ち悪いなんて言いやがって」と、ウジ虫は言いました。「おれに言わせりゃ、つるっとかっこいい運動好きのウジ虫よりも、アヒルや人間のほうがずっとべたべたして気持ち悪いぜ。あいつにそう言ってくれねえかなあ。」

「ねえ、スタビンズ君」と、先生は、ぼくがこのことを「実験一七九番」と題したノートに書き記したところでおっしゃいました。「この件じゃ、ウジ虫に同情するね。動物世界で、あるものがほかのものをきらったり、気持ち悪がったりするというのは、まったく根拠がなく、おろかしいことだ。私自身、どんな生き物に対しても、そんなふうに感じたことはない。ウジ虫やカタツムリと温かい親交を結ぼうと思ってはいないが、きたならしいとか、私よりも尊敬に値しないなどと思ったりはしない。よし、ダブダブにそう言ってやろう。さて、ウジ虫たちの地理的分布について、少し情報を聞き出そうじゃないか。だいたい世界のどのあたりにいるのか、そいつを教えてもらいたい。この大きなやつは、実に生き生きして、頭がよさそうだ。室温をもう五度、あげてくれるかね。そして、もう少し湿度をあげてくれたまえ。それから、質問することにしよう。」

いろいろな虫がさまざまな国や大陸にどのように広がっているかというテーマは、このころ先生がたいへん興味をもっていらしたことであり、それについて小冊子をお書きになっていました。

ウジ虫は、たいへんおもしろい冒険旅行の話をしてくれましたが、地理的分布のことはあまり話してくれませんでした。その冒険旅行の最中に、科学的価値のあるようなものは、なにも観察していなかったのです。

「ざんねんだ、スタビンズ君」と、先生。「この実験も、現段階ではここまでだな。しかしながら、ガラスの水槽にはゲンゴロウがいるから、あれなら旅のようすをもっとはっきり教えてくれるだろう。そうしたら、大西洋のアメリカ側と、ヨーロッパ側にゲンゴロウがいるわけがわかるだろう。いっしょに研究室へ来てくれたまえ。なにができるか、やってみることにしよう。」

第五章　ゲンゴロウ

その次の、虫のことばの実験は、それまでのものとはずいぶんちがって、最もうまくいきました。これまでの虫語の実験より貝語の実験によく似ていて、水生動物や海の動物を研究するために作った道具を改良したり応用したりすることで、ゲンゴロウとかなりじっくりと会話できたのです。ゲンゴロウのことばは、とてもはっきりしていて、なにを言おうとしているのか、先生にはすっとおわかりになったようです。これは、ぼくには、おどろきでした。なにしろ、ゲンゴロウというのは少しもじっとしておらず、入れてやったガラスの水槽のなかで、ずっと飛んだりすべったりしていたからです。澄んだ水の上を自由に泳いだかと思えば、底の泥のなかにもぐり、もぐったかと思えば、水草にとまって、前足で鼻をこすったりしたりしているのです。

先生が、聞きたいと思うことをゲンゴロウに告げると、ゲンゴロウは次のような話をしました。

「ぼくの旅の話が聞きたいんですって？　ははーん！　まあ、むろん、ぼくらは、泳ぐことも歩くことも飛ぶこともできますからね、ずいぶんあっちこっちへ行きますが、そんなのは先生のおっしゃる旅じゃないでしょうね。ちょいとそこまでお出かけってなもんでしょう。それでもまあ、かなりおもしろいんですけどね。ぼくらゲンゴロウは、すごく運がよくってね、ぼくらと戦おうなんてやつはまずいないんです。でかいカワカマスぐらいですね、ぼくらの天敵は。それも、よっぽど腹がへってなきゃ、ぼくらを食べてうまいなんて思いません。おっかない魚に追いかけられて水から空へ逃げなきゃならないときもあるし、おっかない魚が増えすぎると、池や川をすっかりあきらめて別のすみかをさがさなきゃならないこともありますが、ありがたいことに、そんなことはめったにないんです。ぼくが初めてすごい旅行をしたのは、カモの足に乗って旅行したときでした。」

　ここで先生は、作業を中断しました。聞きまちがえたのではないかと思ったのです。

「カモの足に乗って旅行した？」先生は、たずねました。「どういうことかね。説明してくれんかね？」

「はい」と、ゲンゴロウ。「かんたんなことです。ぼくらは、食べ物をさがして水の上をスイスイ泳いでないときは、たいてい、下の泥のなかに、四、五センチもぐってるんです。そうしていると、魚のえじきにならずにすむんです。魚はぼくらをさがして、泥をほったりできませんからね。ほんと、安全なんです。水のなかで敵にやられちまうゲンゴロウなんて、まず、いませんね。

だけど、ぼくと友だちは、自分たちの池からものすごく遠いところまで運ばれてしまったことがあります。さっきも言ったように、カモの足に乗ってです。ぼくらの池は、人間がめったにやってこない、さびしい沼地にありまして、やってくる人間と言えば、秋とか冬とかにカモを撃ちにくる狩人《かりうど》ぐらいです。カモはたくさんいました。ほかの野鳥——シギ、ガン、チドリ、アカアシシギ、ダイシャクシギ、サギとか、なんでもいました。そんなやつらだって、ぼくらゲンゴロウは、こわくありませんでした。ほんの数センチ泥のなかへ入りこめば、たいてい安全だったからです。でも、カモはいやでした。海から何千羽とやってきて、夜にぼくらの池におりてくるんです。ガアガア鳴いて、水をバシャバシャはねあげて、うるさいったらありません！　水草にパクパクがっついて、小エビとか池の生物をかたっぱしから食べてしまうんです。

ある夜、友だちと静かに泳いでいたら、だしぬけに友だちがさけびました。

『気をつけろ！　カモだ！　月の前を飛んでる影が見えた。泥のなかへもぐれ。』

すぐにそうしました。ああだこうだ言ってる場合じゃありませんから、友だちといっしょに泥にもぐりました。泥より上の水の深さは八センチもありませんでした。何百羽というカモがおりてきました。泥のなかにいても、水がゆれて、バシャバシャはねるのがわかりました。なんてまあ、水をはねあげ、かきまわすことでしょう！

すると、いきなり、バン！　バン！　という音がしたんです。

狩人たちが近くでカモを待ちぶせしていて、いっせいに銃を撃ったんです。こんなことは前にも見たことがあります。狩人たちがカモを追い払って、池を静かにもどしてくれるので、ぼくらはいつもよろこんでいました。

その次に起こった事件は、ぼくが自分の目で見たことじゃありません。だって、ぼくと友だちは、泥のなかにかくれていて、なんにも見えも聞こえもしなかったのですから。これは、狩人たちが銃を撃ったとき、たまたま池に帰ってくるところだった別のゲンゴロウから聞いた話です。

あちこちでカモが、水のなかへバッシャン、ボッシャンと落ちていきました。けがしたやつもいれば、即死のやつもいました。ひどい大虐殺です。ぼくらの近くを泳いでいたカモは、最初の発砲でさっと飛びあがり、池から数メートルの高さのところで撃ち殺されました。でも、飛びあがるのがおくれたカモがいて、おかげで命びろいをしました。狩人たちが銃に弾をこめなおしているすきに、逃げたんです。池は、さっき言ったように、ぼくらがいたところだけはとても浅くて、そのカモは実際泥の底に足をついていたんです。それが飛び立とうとしてジャンプしたとき、水かきのついた大きな両足が泥のなかに数センチもぐりました。そして、足の上に大きな泥のかたまりを載せたまま、空へ飛び立ったんです。その泥のかたまりのなかに、ぼくと友だちがいたというわけなんです。

さて、このカモは、そんじょそこらにいる鳥じゃなくて、その晩まさに渡りをしようとしている渡り鳥でした。実は、もう移動をはじめていて、とちゅうでエサをあさるために、ここへ立ち寄ったんです。このさわぎにびっくりして、残りのカモたちは、いちもくさんに海へ逃げていきました。

ぼくは、なにがどうなってしまったのか、しばらくはちっともわかりませんでした。しかも、友だちと話をすることもできなかったんです。だって、友だちは、ぼくが乗っている足とは別の足の上にいたからです。それでも、風がビュンビュン吹いて、泥がたちまちかわいてくると、とんでもないことになっているとわかりました。ぼくは、泥がこちこちにかわいてしまう前に、穴をほっていって、泥のかたまりの表面に出て、外の世界をのぞいてみました。

すると、空中何千フィートという高い空を飛んでることがわかったんです。はるかかなた下のほうでは、大きく広がる水がきらきらとお星さまみたいにかがやいていましたから、海の上を運ばれているんだなって思いました。正直、こわかったです。なんとかはい出して、自分の羽で飛ばなきゃって、しばらく思っていました。でも、カモはものすごいスピードだから、たぶん陸からもう何キロもはなれているでしょう。かりにどちらの方向へ帰ればいいのかわかったとしても——もちろん、鳥がいく夜もかけて飛ぶ大がかりな飛行のことをなにも知りませんでしたから——ビュンビュンと吹きつけるすごい風がこわくてなりませんでした。ぼくの羽なんかじゃ弱すぎて、とてもたえられないことはわかりきっていました。

そう、いやがおうでも、今のところは、じっとしていなければなりませんでした。ふるさとの住みなれたところからふっと持ちあげられて、カモの足に乗って海を越えて外国へ行くなんて、だれにとっても、ふしぎな事件です。

次にぼくがこわかったのは、夜のあいだに泥が足から落ちて、ぼくもろとも、海へボッチャンと入ってしまうのではないかということでした。用心して、外を見るために作った穴のそばにいて、いざとなったら自分の羽で飛べるようにしていました。そのせいで、死にそうに凍えてしまいました。おそろしく冷たい風がビュンビュン吹きこむのです。まったくカモは、なんていう速さで飛びつづけることでしょう！　ぼくは、泥のかたまりの奥深くに引っこんで風をよけました。カモのつばさのバタバタという、耳がおかしくなるほどの音が聞こえているかぎり、自分がまだ空飛ぶ天馬みたいなすごいものに乗っていることがわかりました。

すぐに、泥がすっかりかわいてかちんこちんになってしまいましたから、もはや新しく穴をほることはできなくなりました。でも、すっかりかたくなる前に、泥のなかをくるくるまわって、小さな部屋のような通路を作っておいたので、居心地は悪くありませんでした。自分で作った小さな窓から外をのぞいて――鼻がこおりそうになってしまいましたけど――海に夜明けがやってきたのが見えたことをおぼえています。すばらしい景色でした。すごく高いところにいるので、朝日の光が海を照らすよりも先に、ぼくらを照らすのです。海は、暗く、黒く、果てしなく、ぼくらの下に広がっていて、いろんな色に染まった東の空が明らんで、数えきれないほどいるカモの群れを照らしていました。ぼくの乗ったカモといっしょに飛んでいるカモたちです。首を前へのばし、金色やピンク色に染まって、みな新しいおうちをめざしていました。

　朝になってうれしかった理由には、いろいろあります。空気があったかくなるし、陸が見えてきたら、それとわかるからです。

　海へ落ちるんじゃないかと、まだとても心配でした。いったんどこかに上陸さえすれば、ほっとできるのですが。カモたちは、夜明けが見えると、たがいに鳴き声をかわしはじめました。なにか合図しあって会話をしているみたいでした。というのも、ふいに、Vの形をした群れの先頭を飛ぶ一羽のリーダーのあとをついて、みんないっせいに方向を変えたのです。」

第六章　旅の終わり

「どうして群れのリーダーはむきを変えたんだろうと、ぼくは考えました。そして、泥の穴からはい出して、前方がよく見えるように、できるかぎりがんばって首をのばしてみました。

すると、のぼろうとしていた太陽の少し左のほうの海の上に、なにかがずっとのびているのが見えました。朝日を浴びて、いっぽうのはしは、溶けた銀のようにきらきらかがやいていました。反対のはしには光がまだ届いておらず、暗く、真っ黒でした。

陸地です！　群れは陸地をめざしていたのです。ここで休むのでしょうか。それとも位置を確認するだけで先へ進むのでしょうか。いずれにせよ、ぼくが乗っているカモは、休む必要などぜんぜんなさそうでした。一晩じゅう飛んできたというのに、ぴんしゃんしていて、まるで今飛びはじめたかのように、大きなつばさをばたつかせているのです。

カモのリーダーは、すぐに決断を下しました。かっこいい一団をしたがえて、低く広がっている島の真上へ飛んでいきました。そして、ほかの連中がガアガア言いながら待っているあいだに二度ぐるぐる旋回しました。それから直線で飛び出して、水平線のかなたに島さえないひろびろとした海へと、ふたたびむかいだしました。

『なんてことだ！』と、ぼくは思いました。『この旅は、いつまでつづくんだろう？』

　でも今や、太陽がのぼって、海はすっかり明るくかがやいていました。そのおかげで、カモたちは元気になったみたいで、リーダーのあとについて新しい方角へむきを変えながら、さっきよりもやかましくガアガアと飛んでいきました。ふと、この渡り鳥の群れのなかに、ぼくみたいな小動物は、ほかにどれぐらいいるんだろうと思いました。たしかに、これはめったにない経験です。それに、カモのもういっぽうの足にいる友だちはどうしているのでしょうか。

　はい出していって、たしかめようと思ったけれど、泥の穴から鼻をつき出したとたん、こいつはむちゃだとわかりました。カモのおなかの下をビュンビュンと吹きぬける風で、目玉が吹き飛ばされそうだったのです。それに、ぼくがこっちの足をはいあがり、むこうの足へおりるのをカモがくすぐったいと感じたら、両足をもぞもぞとかいて、ぼくを払い落としてしまうでしょう。かたい地面におりるまでは、友だちと話そうとしないほうがいいと決心しました。ほんと、カモが両足をぴったり体につけておいてくれて助かりました。おかげで、泥は落ちずにすみ、ぼくは下に広がる大海原という墓のなかへ入らずにすんだのです。

　さて、とうとう、カモたちは目的地に到着しました。二日目の夕方にその陸地が見えてきたのです。大きな岩だらけの岬が、高く低く海につき出しています。群れのリーダーは仲間を連れてそこを越えて、それから左へ曲がりました。たぶん南の方角だと思います。めざす目的地へ着くまで、海岸線をどこまでも伝っていこうとしているかのように思えました。

　とにかく、ぼくは、ほっとしました。今落ちても――カモはまだすごく高いところを飛んでいたので――泥のかたまりが地面にぶつかる前にはい出して、自分の羽でぶじに着陸すれば、生きのびられそうに思えました。

　カモたちは、相変わらず空高く飛びつづけているだけでなく、信じられないほどのスピードをゆるめませんでした。やがて天気がすっかり変わろうとしているのがわかりました。どんどん暖かくなっているのです。ぼくは、とっても元気になりました。今度こそ、泥の穴から外をのぞいて凍傷になる心配もなしに、下の景色が刻々とうつり変わっていくのをながめることができたのです。うわあ、景色が変わっていくことといったら！　さっきまで、果てしなく広がる平たい沼地の上にいたと思ったら、もう、山なみが連なる山脈の上にいて、あちこちに海がちらほら見えます。大きな岬が海へつき出し、打ちよせる波が高いがけに当たっては、くだけちっています。

緑のようすもどんどん変わっていきました。今は、低木がちょびっと生えているだけの緑の少ない岩場が広がっているかと思うと、次にはもう、シカが草を食べたり、もっと大きな動物がいたりするような草原になっています。そして、今度は、うっそうと生いしげったジャングルの上を飛んでいるのです。あんまりにも木がびっしりと密集していたので、そこへおりていったら、ふかふかのじゅうたんの上におりる感じがしたと思います。

ついに先頭のリーダーから合図があったみたいで、群れ全体が先へ行くのをやめて、はげしくうずまき状にまわりだしました。海岸に沿った広大な湾へやってきたのです。低く広がる浜辺の奥には池や沼がたくさんありました。頭がくらくらして耳鳴りがしたので、ぼくの乗ったカモも群れといっしょに、ぐるぐる大きくまわりながら、平たい沼地へおりようとしているのだとわかりました。ここが目的地なのです。」

第七章　流れものたちの村

「かたくしっかりした大地にふたたびおりたつうれしさを想像してみてください。

　カモの太った体は、音もなくスウッと沼地に着きました。その何気なさは、荒れた海や陸地の上を何千キロも飛んできたものとは思えず、まるで池からとなりの池へ飛びうつってきただけのようでした。そして、ぶるっと体をふるわすと、なにかぶつぶつ言いながら、あたりに食べものはないかとさがしはじめました。

　もちろん、カモが動いたとたん、その足にくっついていたイギリスのかわいた土は、外国のぬれた泥のなかで、はがれ落ちました。あわれなぼくも、いっしょに。いやあ、ほっとしました！　ぼくは、すぐ土のなかからはい出して、冷たくてびちゃびちゃした沼の泥水のなかへ泳ぎだしました。ぼくもおなかがすいていましたからね。食べるものはないかと、あたりをさがしたんです。

　でもここは、ぼくにとっては新しい場所です。カモにとっては、いつも冬のねぐらにしているところですから、前にも来たことがあって、どこに草が生えてるか、どこに貝があるか、どこにおいしい水辺の生き物がいるか、ちゃんとわかっています。でも、ぼくには、なんにもわかりません！　ぼくはふと、自分が泳ぎまわっているこの南洋の沼には、知らない大きな敵がうようよしていることに気がつきました。小さな見たこともない生き物もいるけれど、食べられるのか、毒なのか、わかったもんじゃありません。

　どうしていいかわからず、おろおろと何時間も泳ぎまわりました。危険な冒険の長旅をしてここまでたどり着いたのだから、あぶない橋はわたりたくありませんでした。そして、とうとう、見たことがあるような虫に出会いました。しばらく、そのまわりを、ぐるぐるまわってみました。水は、カモがパシャパシャやったために、泥でにごっていました。そのうちに、それがだれだかわかりました。それは、同じカモの反対の足に乗って旅してきた、ぼくの友だちだったのです。ぼくらは、おたがいの首にだきつかんばかりによろこびあいました。

『教えてよ』と、ぼくは言いました。『どこで食べものを見つけられるかなあ。この沼には、見たこともないようなものばかりいるよ。』

　友だちは笑いました。

『なあに』と、友だちは言いました。『ぼくは、今まで食べたこともないほどのごちそうにありついたばかりさ。魚の卵を、たらふく食べたんだ。ついておいで。教えてあげる。』

『でも、あのこわそうなやつはなんなの？』と、ぼく。『どっちを見ても敵ばかりみたいだ。』

友だちは、先を進みながら、ぼくをふり返って、肩ごしにクスクス笑いました。

『ぼくらだって、むこうからすりゃ、見たこともないやつらだってこと、忘れちゃだめだよ』と、友だち。『あっちだって、ぼくらを警戒しているのさ――とにかく今のところはね。こっちがむこうをこわがっているのと同じように、むこうも、ぼくらをこわがっているのさ。』

さて、水のなかの生活というのは、たぶんご存じだと思いますが、とても気苦労が多いものです。魚であれ、ゲンゴロウであれ、ミミズであれ、サンショウウオであれ、どんな生物にも天敵がいます。そして、長生きしたければ、気をつけなければいけません。ぼくが友だちのあとをついていくと、大カワカマスから、こわそうなカメにいたるまで、いろんなものがやってきて、にごった水越しにぼくらをにらみつけるものだから、生きた心地がしませんでした。

でも、やがて気がついたのですが、ぼくらのふるさとの池だったらすぐにおそってきそうな大きな生き物は、ここではおそってくることはなく、友だちが言ったように、ぼくらをこわがっているみたいなのです。

食事をしたあと、ぼくらは沼からはい出して、泥だらけの土手にあがって、あたりを見まわしてみました。カモたちはまだエサを食べていました。そのほかの水鳥たちのほとんどは見たこともない鳥でした。すごくふしぎな美しい鳥もいました。くちばしと羽が真っ赤な、大きなツルみたいに足の長い鳥です。シギみたいに頭が平たくて小さな鳥は、小さなくちばしをして気どって歩き、すばやい動作ができる体形をしていました。いろんな種類のガンや野生の白鳥もいました。大きな口をしたペリカンは、すごい波しぶきをあげて魚をとり、バケツですくうように魚を飲みこんでいました。

あたりには人間が住んでいるようすもなく、鳥の楽園のようでした。一方は、沼がどこまでも広がって海へとつづいていましたが、もう一方には、ぼくらのいる沼と山のあいだに平らな湿地が横たわっていました。

『ぼくら、』と、ぼくは友だちに言いました。『とってもいいところに来たみたいだね。』

『うん』と、友だちは答えました。『悪くないね。ぼくらの仲間は、ここに来たことがあるのかな。』

『ないともかぎらないよ。さがしてみようか』と、ぼく。

そこで、ぼくらは沼をいっしょに泳いで、この外国の海岸へ逃れてきた仲間がいないか、さがしてみました。

一時間ほどさがしてみると——沼は何キロもつづいていて、あちらこちらに海とつながらなくなって小さな池のようになっているところがたくさんありましたが――ぼくらの仲間が一、二匹見つかりました。ぼくらに会えてとてもうれしがって、すぐにふるさとのようすをたずねてきました。ぼくらは、できるかぎりのことを教えてあげましたが、むこうがぼくらに教えてくれたことのほうがずっと重要でした。連中が言うには、もうここに来てからずいぶんになるので、すっかりなじんでしまったそうです。このあたりの沼の危険なところも便利なところもわかっているので、どこへ行ってはいけないか、どこが一番いいエサ場かといったことを教えてくれました。水温はもちろん、ふるさとの池よりもずっと高いけれど、夜には山からいつも風が吹きおりるので、浅瀬へ出ればすずしい場所がかならず見つかるということもわかったそうです。日中は、岩がちの渓流が沼へ流れこんでいる特別な場所へ行けば、熱帯の暑さをしのげると言います。

　ここで見つかった仲間のゲンゴロウたちといっしょに（ぼくらと同じようにここへ運ばれてきたようです）、ぼくらはちゃんとした小さな村を作ることにしました。『小さな』と言っても、はじめは小さかったということで、すぐに、あかちゃんが生まれ育って大家族になり、数か月もすると、その地域の水辺の生物のなかではかなり優勢な種族となったと思います。というのが、ぼくの海外旅行のお話です。」

「ああ、しかしね、」と、先生は言いました。「どうやってここへ帰ってきたか、まだ話してもらっていないよ。」

「それはかんたんです」と、ゲンゴロウ。「行ったのと同じようにして帰ってきたんです。別の水鳥の足に乗って。ただ、帰りの旅のときの鳥がなんの鳥だったのかわかりません。イギリスにもどってきたとわかったら、自分のなつかしい池へ帰るのはすぐでした。もちろん、ぼくのような例は変わっていると思います。たくさんの小さな生き物が——ときに、卵のまま——同じようにして外国へ行っていることは、今となってはぼくも知っていますが、一匹の虫が自分のふるさとの池に帰ってくるというのは、なかなかめずらしいんじゃないかと思います。ぼくは、大歓迎されましたよ。ふるさとの池のゲンゴロウたちが出てきて、ぼくをたたえてくれたんです。なんだかすごいことをしてきた、えらい旅人になった気がしました。」

第八章　二十四時間の一生

　ゲンゴロウの物語が終わると、先生は、ほかの虫に対してもそうしてきたように、話し手を質問ぜめにしました。そのふしぎな物語から実際に役立つ博物学的知識を得ようとなさったのです。

「教えてくれたまえ。」先生は、たずねました。「君を足に乗せて運んだカモは、どんなカモだったかね。」

　そこでゲンゴロウは、ふるさとの池へいつもやってくる野鳥についておぼえていることを教えてくれました。ほっぺたにピンク色のはん点があり、つばさは灰色だったといったふうに。

　ゲンゴロウが話し終えると、先生は、ぼくにつぶやきました。

「カモじゃないな、スタビンズ君、きっと。珍種のガンかなにかじゃなかろうか。カモの足で、ゲンゴロウがしっかり入るほど大きな泥のかたまりを運べるとは思えんのだよ。たぶん私の知っているあの鳥のことだろう。秋のはじめにイギリスのある場所だけにやってくる鳥だ。よし、では、ゲンゴロウがどこをどう旅したのか調べてみることにしよう。」

それからドリトル先生は、航海中の風について、鳥たちが飛んでいった先の島のようすについて、それから最終目的地に着く前に伝っていった海岸線について、おたずねになりました。

こうした質問に対するゲンゴロウの答えに先生はとても満足なさったごようすでした。というのも、答えのとちゅうで、先生はいきなりぼくの腕をつかんで、こうおっしゃったのです。

「北ブラジルだ、スタビンズ君、まちがいない。こいつはかなり貴重な情報だ。どうやってあの種のゲンゴロウがアメリカ大陸へ渡ったのだろうとずっと思っていたんだが、これでなにもかもわかった。虫を運んだ鳥も、島も、海岸線も、すべてはっきりした。おかげで私の論文の重要な一章が書けるぞ。いやはやまったく、この虫たちを訓練して、私が知りたいことを調べてきてもらいたいもんだ！ もちろん、虫たちは自分たちにとって大切なことしか見ようとしないから、そういうわけにはいかないがね。だけど、ひょっとすると、いや、たぶん、いずれは……」

先生は、そこで口をつぐんで、だまりこみました。

「ちょっと、先生、」と、ぼくは笑いました。「ゲンゴロウを博物学者にするつもりですか？」

「できれば、そうしたいものだ」と、先生は、ひどくまじめにお答えになりました。「だって、いいかね、スタビンズ君、ゲンゴロウにしか観察できないことだって自然にはたくさんあるんだ。」

　ゲンゴロウにいろいろありがとうとお礼を言ってから、ぼくらは、お庭のはしにある魚の泳ぐ古い池へ運んで、そこに放してやりました。

　虫のことばについての次の実験は、とりわけおもしろいものでした。これは、カゲロウという名だと先生が教えてくださった羽虫の仲間に関するもので、この生物は寿命が一日しかないのです。

「生まれて、全生涯を送り、死ぬまでが、たった二十四時間だなんて、どんな気持ちがするものか、ぜひ知りたいのだよ、スタビンズ君」と、実験の準備をしているときに先生はおっしゃいました。「犬は十年から二十年生きる。人間は六十年から九十年だ。山は、くずれるまでに何千年ももつ。しかし、この小さな生物は、生きるよろこびも経験もたった二十四時間のなかにつまっているんだ。その哲学というか、考え方は、われわれにとってとても意味があると思うんだ。」

　そこで、例の、感度がとてもよい聞きとり機の台の上に、ぼんやりと影のうすい緑色の羽虫をおいて、研究がはじまりました。かわいそうな小さな生物は、すでに中年でした。というのも、その日の朝早くに生まれたのに、今はもう午後二時だったからです。すごく弱々しそうでした。こんなにきゃしゃな体なら、長く生きられないのももっともだという感じです。

三十分調べてみても、成果はあまり得られませんでした。なにか言おうとしていることはたしかなのですが、そのことばは、ぼくたちには新しいものでした。一生をたった一日に押しこめてしまうのですから、とても早口になるにちがいありません。やがて、一秒に何百ものことばをくりだしているらしいとわかってきました。ただ、そんなに速いことばは聞きとることができません。

「いいかね、スタビンズ君」と、先生。「われわれは、あまりにもざんこくなことをしているよ。このかわいそうなカゲロウ君に三十分も話をさせてはいかん。なにしろ、三十分というのは、一生のうちの四十八分の一だからね。人間に直して考えれば、十八か月近くになるだろう。この虫はわれわれのことをどう思っているだろうね。一年半近くひっきりなしに話しかけられてごらんよ！　すぐに放してやることにしよう。この実験は別の方法でやらねばならん。何匹か別々につかまえてきて、一匹につき五分ずつ機械に入れることにしよう。すばやくノートをとることができたら、それぞれから少しずつ聞いたことをあとでつなぎあわせれば、なにかわかるかもしれん。」

そこで、カゲロウを数匹つかまえて、一匹当たりとても短いあいだ話を聞くというやり方で実験をつづけました。

これはかんたんではありませんでした。心やさしい先生は、つかまえたカゲロウを五分以上聞きとり機に入れてはいけないとおっしゃりながら、聞きとり実験の前も後も一瞬たりともカゲロウの自由を制限しようとなさらなかったので、いちいちカゲロウを一匹ずつつかまえては、大急ぎで実験用の小屋へもどらなければならなかったのです。幸いなことに、そのときは春でしたので、カゲロウはたくさん――少なくとも一週間ぐらいは――つかまえることができました。

こうした困難な状況にもかかわらず、十日から十二日もすると、苦労が実ってきました。とても骨の折れる仕事をずっとつづけたおかげで、カゲロウのおどろくべきことばが、かなりすらすらとわかるようになってきたのです。それは、先生の秘書としておこなった仕事のうち、最もつかれるものでした。カゲロウの話すスピードときたら、めちゃくちゃ速いんです。こちらも、超高速の速記を発明しなければなりませんでした。ひとつしるしをつけるだけで、一文全体をあらわせるような速記でなければなりません。すべてのカゲロウを放してやったあと、ぼくらはメモをつきあわせ、言われたことがまだ記憶に残っているうちに、あとで読み返してもわかるような形に直しました。

ドリトル先生がのちに虫のことばについてお書きになった本のなかでも、この章は一番おもしろいと思います。というのも、カゲロウはものすごく早口で、中味のつまった話し方をするのみならず、観察するのも同じようにすばやいのです。二十四時間しかつづかない命では、この世の印象も当然ながらすごいスピードで受けとらなければなりません。それだけでなく、カゲロウの世界観というのは、これまで研究してきたいかなる虫ともまったくちがっていて、とても独特だとわかったのです。カゲロウはぐずぐずしていられないので、どんな生物よりも、すばやく意見をもって、判断をくだしていかなければならないと言ってよいでしょう。

「いいかね、スタビンズ君」と、先生はおっしゃいました。「こうした生物が、われわれ人間がうまくやっているつもりになっている多くのことがらに関わっていないというのは、実にざんねんなことだ。内閣の大臣とか郵便局長とかが二十四時間以内に人生のあらゆる決断をしなければならないとなったら、どうなると思うね！　私は、にえきらない大臣や政府高官を大勢知っているが、ぜひカゲロウ式にやってもらいたいものだね。いさぎよく、さっと決断を下す、かわいそうな弱々しいカゲロウ君のつめのあかでも、せんじて飲ませてやりたいよ。」

第九章　虫についてダブダブが思うこと

二週間後、ぼくらはみな夕食後、台所の暖炉のまわりでまるくなってすわっていました。ぼくは、かなりたいへんな秘書の仕事を終えたばかりで、先生は、ぼくに今晩は休みなさいとおっしゃってくれていました。しかし、もちろん先生ご自身は、お休みにならないばかりか、その必要もなさそうなごようすで、外に建てた小屋にこもって、虫のことばについての研究が新しい段階に入ったと、いそがしくなさっていました。

「先生は、くだらない虫の相手をいつまでおつづけになるのかなあ」と、サルのチーチーが、暖炉のなかを夢見るようにながめながら言いました。「ぼくには、意味のない研究に思えるんだけど。もうそろそろ旅に出るころじゃないかな。そう思わないかい、トミー？」

「ええっと」と、ぼく。「どうかな。前の旅に出てから、どれくらいたつ？」

「五か月と一週間と三日」と、チーチー。

「十月二十三日の午後に帰ってきたんだよ」と、オウムのポリネシアが口をはさみました。

「へえ！　ずいぶんしっかりおぼえているんだね！」と、ぼく。「君たちふたりは、世界じゅうをとびまわっているから、また旅をしたくなってきたんだね。アフリカが恋しい？」

「別にアフリカが恋しいわけじゃないさ」と、チーチー。「でも、ゴキブリなんかの言うことに耳をかたむけるよりも、もっとわくわくするようなことを先生にはしてもらいたいな。」

「今度先生がお出かけになる旅行には、」と、ブタのガブガブ。「ぼく、連れていってもらうんだ。おサルの国やジョリギンキの国に行って以来、ぼく、どこにも行ったことがないもの。今度はぼくが行く番だ。それに、ぼくの研究のためにも旅行が必要なんだ。『食べ物百科事典』に、アフリカや異国の料理について、という章を書かなくちゃならないもの。」

「ふん！」と、ぼくらの背後でお皿をかたづけていたアヒルのダブダブが鼻を鳴らしました。「先生がまたご旅行に出るだなんて、いったいどこからお金が出るんでしょうね。うちの金庫には、もうほんの少ししか残ってないのよ。」

「十三ポンド九シリング二ペンス半〔約三十二万三千五十円〕だ」と、会計係のフクロウのトートーが口をはさみました。「先月分のパン屋さんの請求書が未払いだけどね。」

「先生がしばらく虫のことばの研究をおやめになるなんて思っているなら、あんたたち、ざんねんながら、おあいにくさまね」と、ダブダブ。「昨夜、先生がなんておっしゃっていたと思うの？」

「見当もつかないよ、ダブダブ」と、ぼく。

「あのね」と、家政婦役のアヒルは、つかれた声でつづけました。「まあ、もののついでにおっしゃっただけのことなんだけどね、なかなかいいんじゃないかってお考えなのよ、その、つまり、おうちでめんどうを見てあげられたらね、そのう……」――ダブダブは、どうにもそのいやなことばを言う気には、なかなかなれないようでした――「イエバエを！」

「イエバエだって！」と、ぼくはさけびました。「イエバエをどうしようっていうの？」

「知りませんよ」と、ダブダブはうなり、じっとこらえるような、うんざりした声を出しました。「私だって、先生にそう言ったんです。『先生』って。『イエバエなんていったいぜんたい、どうなさろうっていうんです。地球上の最大の害虫ですよ。病気を運んだり、食べものをだめにしたりするだけの生き物じゃないですか。』

『まさに』と、先生はおっしゃったわ。『そこがポイントだよ、ダブダブ。イエバエには友だちがいないんだ。ひょっとすると、ある博物学者がだよ、ダブダブ、ずっとずっと先を見とおせるような、ほんとうに偉大な博物学者がだよ、なぜイエバエがそんな悪いことをするのかを調べて、どうしてやればいいのかを考えたら、ほかの生物の敵ではなくて味方にしてやれるかもしれないだろう。実験として、イエバエの館《やかた》をはじめてみたい。とてもおもしろい結果が出ると思うんだ。』」

「私は」と、ダブダブは話をつづけました。「ぶちぎれてしまいましたよ。めったに、かっとなったりしないんですけどね。」

ダブダブは、右のつばさで、いすの上のチーズのくずを乱暴に払い落としながら言いました。

「『先生、』と、私は言いました。『いいかげんにしてください。野良犬の家は作る、ネズミ・クラブは作る、リスのホテルに、ウサギのアパート、ばかげたことばかり、きりがありませんでした。でも、今度ばかりは、イエバエの館だなんて、そんな！ほんと、私に言わせれば、どうしようもありません。おわかりにならないんですかっ』て、言ってやりましたよ。『ほかの種類の生物を、先生がおっしゃるように——えっと、その、差別することなしに——助けてやったりした日には、人間やアヒルが絶滅しちまいますよ。お友だちになれない生き物だっているんです。イエバエを増やしたら、人間がほろびてしまいます。』

『だがね、』と、先生はおっしゃったわ。『イエバエに話をしていたんだが、むこうにも、それなりの言い分があるんだ。結局のところ、イエバエにだって権利があるわけだからね。』

『ありませんよ、そんなもの。私は認めません』と、私は言いました。『めいわく千万の疫病神です。それ以外のなにものでもありません。』――ほんとに先生ったら！　いったいどうしたらいいのかしら？」

「それでも」と、ガブガブが口をはさみました。「すばらしいアイデアだよ――イエバエの館だなんて！　人間がハエタタキでハエを殺すように、館に入りこんでくるいたずらぼうずをたたいてやるボウズタタキなんかあるんじゃないかな……。玄関近くには、べとつくのりのついた紙があって、人間が家に勝手に入ると、からまって、くっついちゃうんだ。すごいアイデアだ。やってみたいな。」

「やってみたいですって？」ダブダブがさけび声をあげながら、首を前へのばしてガブガブに突進したものですから、あわれなガブガブはくちばしにつらぬかれて、壁にくしざしにされそうになりました。

「あんたには、ゴキブリほどの脳みそもないくせに！　あんたがやってみていいのは、今すぐ寝ることだけよ！　とっとと寝なさい！　さもないと、フライパンを持ってきて、ブタタタキにしちまうよ。」

ガブガブは、部屋のすみへ逃げました。

「それでも、いいアイデアだよ。」ガブガブは、怒ったダブダブから見えないところまで来ると、トートーにむかってこそっとつぶやきました。

実のところ、先生がイエバエを増やすだなんて、とんでもない計画をやってみなくてよかったです。やっていたら、どんなことになっていたか、想像もつきません。それでも、先生は一、二度、ぼくにおっしゃっていました。

「私が考えているのはね、スタビンズ君」と、先生は言いました。「ハエ用の家がひとつ――か、いくつか、あったとしたら、わざわざ人間の家に入ってこないんじゃないかということなのだ。この永遠の動物同士の争い――人間対ネズミ、ネズミ対ネコ、ネコ対犬、などなど――といったことは、きりがない。いずれは、だれかが力ずくでほかのものを支配してしまう。今だって、人間が暴君として君臨しているだろう。人間が動物界を支配しているんだ。人間より小さな動物たちは、人間に支配されてひどいめにあっている。私が実現したいのは――それはまさに、建設的な博物学者としての私の野望でもあるのだが――しあわせなバランスを打ち立てたいということなのだ。スタビンズ君、なんの役にも立たない、世の中のためにならない生き物なんて、いないんだよ。たとえ悪さをすることがあってもね。たとえば、イエバエがそうだ。どんな役に立つことをしているかわからないが、きっと役に立っているはずだ。友だちになれば、いっしょに力を合わせて、状況を改善できるはずだ。たがいに争ったりしないでね。戦争はまったく意味がない。」

「でも、ほかに調査なさろうとしていた虫がいたんじゃなかったでしたっけ？」と、ぼくは、イエバエから先生の気をそらそうとして言いました。イエバエのほうへ注意をむけるのは、やめたほうがいいように思えたのです。

「ああ、そうそう、そうだった、そうだった。」先生は、あわてたように言いました。「はじめたばかりだった。チョウチョと蛾がいるんだ。いろいろ教えてもらえると思うよ。チョウチョと蛾が自然に羽化するには、まだ季節が早すぎるけどね。だが、人工羽化装置を開発している。さなぎはどっさりあるからね。今から数週間で、どんなチョウチョも蛾も思いのままに羽化させられるぞ——もちろん、この地方に自然にいる種類のものであれば、ということだが。」

第十章　家ほども大きい虫

次の日の夕方、チーチーは、先生が家の外にある実験用の小屋へおもどりになる前に、航海の話題を出してみました。とてもおどろいたことに、この話題のせいで、先生はいつもよりも数時間おそくまで暖炉のそばでのお話をつづけることになりました。

「ああ、チーチー」と、先生。「航海には出たいさ——前に海外に出てからずいぶんになるからね。しかし、まだ虫のことばについて、ここでやっておかなければならない仕事が山ほどあるんだ。やりかけでほうりだすわけにはいかんからね——やむをえない場合でないかぎり。」

「でも、いいですか、先生」と、ポリネシア。「外国に出れば、虫だの虫のことばだのについて、ずっと多くのことがおわかりになりますよ。これまで旅行をして先生の研究のじゃまになったことなんて一度もありゃしませんよ。それどころか、家からはなれればはなれるほど、むずかしい事態に直面すればするほど、多くのことを成し遂げてきたじゃないですか——あたしの見るかぎり。」

「ふうむ！」と、先生はつぶやきました。「ずいぶんほめてもらったものだね、ポリネシア。そいつは、ほんとうだろうか。」

「いずれにせよ、先生」と、ぼく。「もうずいぶん航海に出ていらっしゃいません。しょっちゅう外国に出ていないと、いろいろとおもしろいことをしそこなうということは、先生ご自身がご存じのはずです。」

「そのとおりだ」と、先生。「それは、まさにそうだ。だが、問題は、どこに行けばいいかということだ。私は年をとって、旅に関しては文句が多くなってきたようだ。大きな重要な探検は、もうだれかがやってしまった。コロンブスや、マゼランや、ヴァスコ・ダ・ガマがやったような仕事がまだなされていないというなら、話は別だが。」

「ヴァスコ・ダ・ガマは、なにをやったんですか？」ぼくは、たずねました。

「ああ」と、バンポが得意そうに言いました。「それは、ヨロコボウミネのまわりを船で旅した男の人です。」

「喜《き》望峰《ぼうほう》のことだね」と、先生は、しんぼう強くおっしゃいました。「だが、肝心な点は、スタビンズ君、大きな重要な探検は、すでにほとんど終わっているということなのだ。なぜ私がせまい地理のくわしい地図作りなどせねばならんのだ、虫のことばの研究という大きな仕事があるというのに。虫からいろいろ学べるかもしれないのに、虫はいまだに誤解され、人類にとってなぞとなったままなのだ。いいかね、今日の午後だって、蛾が信じられないようなおどろくべきことを教えてくれたところだ。虫のことばの研究は、海外旅行とくらべれば、君たちにはひどく意味のないことのように思えるかもしれないが、決してそんなことはないのだよ。虫のことばを研究したことがない人にはわからんのだ、これがいったい、どんな……その……現代思想や哲学の役に立つかもしれんということが。」

「ええ、でも、先生」と、ぼく。「ポリネシアの言うとおり、海外でもっとよい研究ができるんじゃないでしょうか。」

「海外で！」おどろいたことに、ドリトル先生の声は、まるで軽蔑《けいべつ》するかのようでした。先生は窓のところへ行って、カーテンをぱっとあけました。満月の光が部屋のなかへさしこみました。

「スタビンズ君。」先生は、ふいに、奇妙な張りつめた声でおっしゃいました。「月に行けたらと思うよ！　それなら行く価値がある！　コロンブスは、この地球の裏側を発見した。ひとりで成し遂げたのだ。地球が丸いなんて信じられないという世界を敵にまわしてね。たいした偉業だ。大発見の時代は、さっきも言ったように、終わってしまった。しかし、月に行くことができれば、ほんとにすごいと思う。そしたら私は、コロンブスよりも偉大な探検家になれるだろう。月は――なんて美しいんだろう！」

「神よ、救いたまえ。」ポリネシアが、ひそひそ声で言いました。「先生は、どうかしちまったよ。」

「へえんだ」と、バンポはつぶやきました。「先生は、ただ、でたらめなことを話していらっしゃるんだよ。月だって！　そんなとこ、行けるわけないでしょう。」

「そんなにとんでもない考えではないんだ、スタビンズ君」と、ドリトル先生は、窓からはなれて、両手を広げて、私に訴えかけるように言いました。「だれかが、いつかやることだ。理にかなっている。なんていうすばらしい一歩となることだろう！　月に最初に行く博物学者！　ああ！　その人こそ、科学に大きな進歩をもたらすだろう――ひょっとすると、そのために、あらゆる調査を見直さなければならんかもしれん。」

「ねえ、先生」と、ポリネシアが、先生を地球に呼びもどして、大地に足をつけてもらおうと、明らかに必死になって言いました。「先生からはお話を長いこと聞いてませんよ。今晩、ひとつ、お話をしてもらえないもんかしら？」

「お話――お話だって？」先生は、どこか遠くから聞こえてくるような声で、ぼそぼそと言いました。「私の頭は、問題でいっぱいなのだ。だれかうちのものに話させたらよかろう。ポリネシア、君が話しなさい。たくさんお話を知っているだろう。さもなきゃ、チーチーだ。おまえの話はいつもおもしろいから。」

「先生が話してくださったほうが、」と、チーチー。「ずっといいんです。最近、先生が夜いらっしゃることはめったにありませんから。」

「今晩はだめだ、チーチー、今晩はできない。」ドリトル先生は、窓のところへもどって、ふたたび月を見あげながら言いました。「言っただろう、今、頭のなかがいっぱいなのだ、問題やら——蛾やら。」

「頭のなかに蛾がいっぱいってことですか、先生？」ダブダブが、とてもびっくりした声でたずねました。

「いや」と、先生は笑いながら言いました。「蛾のことばの研究のことだよ。そして、その問題のことだ。もう何日も、昼も夜もかかりきりになっていて、そのことが頭から、はなれんのだよ。」

「お休みをとらなければいけません」と、チーチー。「航海をするのは、よい気分転換ですよ。先生にとっても、ぼくらにとっても。」

　これまで先生は、ぼくのお手伝いなしに、すでに長時間をかけて蛾の研究にはげんでいらっしゃったのでした。当然ながら、ぼくは、先生がなにか発見をなさったのかどうか聞きたくてうずうずしていました。ぼくは先生の研究にすっかりはまりこんでいましたから、ぼくを仲間はずれになさってひとりきりで進めていらっしゃるのには、少しねたましい気持ちさえしていたのでした。

「最近の蛾の研究で、」と、ぼくは聞きました。「なにか特に重要なことをお聞きとりになりましたか？」

「そうだね」と、先生。「昨晩、スズメガを一匹羽化させた。美しい虫でね、メスの蛾なのだが、小さな明かりがついたガラス製容器に入れて、窓わくの上においておいたんだ。すると、オスのスズメガがいっぱい寄ってきた。このあたり百キロ四方にスズメガなんてぜんぜん見あたらなかったのに、どうやってそんなに突然集まってきたのか、まったくわからない。数匹つかまえて、聞きとり機に入れて実験してみたところ……そのう……」

　先生は、こまった顔をして、しばらくためらいました。

「それで、」と、ぼく。「なんて言っていたのですか？」

「信じられんことなのだ。」先生は、とうとうおっしゃいました。「そもそもどこからやってきたか、どうやってここまでやってきたか、言いたくないようすで、まったくなぞめいていた。そこで、そういったことを聞くのはあきらめて、歴史や伝統についての一般的なことを聞いてみたんだ。そうしたら、ものすごい話をしてくれたんだよ。ひょっとすると、ぜんぶ作り話じゃないかというくらい……つまり……そのう……スズメガの仲間は体が大きいだろう？……大きいと言っても、地球の生物としては、ということだが。そこで、大きさを話題にしてみた。すると……ばかげた話のようだが……家ほども大きい蛾がいると言うんだ。もちろん、私はすぐに言ったよ、『いや、そんなはずはない。なにかのまちがいだろう』とね。私には、ことばがまだよくわかっていないから、聞きまちがえたのかもしれないとも思ったんだが、スズメガは、まちがいないと言うんだ。一トンもの重さをまるで羽根のように軽々と持ちあげてしまう、家ほどの大きさの蛾がどこかにいるという伝説が、蛾の世界にはあるのだという。信じられん――なぞめいている！　まったく、蛾はおもしろい虫だよ。」

第十一章　先史時代の画家オウソー

「まあともかく、先生」と、チーチーがおねだりをしました。「お話をしてくださいよ。」

「今晩はだめだ」と、ドリトル先生はくり返しました。「チーチー、おまえが話しなさい。」

「わかりました」と、チーチー。「話しましょう。でも、みんなにわかってもらえるかどうか、とっても心配だなあ。むかしジャングルでおばあちゃんがしてくれたお話をしましょう――むかし、むかしの、そのむかしのお話です。」

「やったあ！」ガブガブが、前へ出てきて、テーブルにかぶりつきになりました。先生がいらっしゃるので、家政婦役のダブダブなんて、こわくありません。

「むかし、むかしのそのむかし」と、チーチーは語りはじめました。「ひとりの男がおりました。名前をオウソー・ブラッジと言いました。ずっとむかしは、世界にあまり人間がいなかったので、国じゅうをひとりじめにしていました。オウソーは画家でした。絵を描いて生活していたのです。もちろん、むかしは紙なんてありませんでしたから、手に入るものを利用するしかありませんでした。トナカイの角をもっぱら使っていました。トナカイがたくさんいたんです。えんぴつの代わりに、石のナイフを使いました。それで角のひらべったいところに絵を彫るのです。ときどき、これはと思うアイデアが浮かぶと、岩に彫ったり、きざんだりもしました。

　オウソーは、シカや、魚や、チョウチョや、バイソンや、ゾウなど、あたりにたくさんいる生き物の絵を描きました。いつか人間の絵を描いてみたいという夢をもっていました。でも、人間は少なかったのです。このあたりには、オウソー以外に人間はいませんでした。オウソーは自分を見て、腕や足の絵を描こうとしましたが、あまりうまくいきませんでした。それから、川の水の流れが止まっているところへ行って、水にうつった自分を描こうとしました。自分の姿を見るには、水の上に身をのりださなければならないので、絵を描くのはたやすくはありませんでした。

『いや』と、オウソーは言いました。『自分のような人間を見つけて、じっと立っていてもらわなければならない。そしたら、最高の絵が――人間の肖像画が描ける。』

　そこで、オウソーはさがしに出かけました。何日も何週間も、自分ひとりのものである広い国をあちこち旅し、国外へも出て、仲間の人間をさがしました。でも、ひとりも見つかりません。おもしろい新しい動物がたくさんいましたが、オウソーにおそいかかってきたので、オウソーはあちこち逃げまわりました。木々も見たことがないものばかりで、絵の新しいアイデアがいろいろ浮かびました。それでも、人間は見つかりません。実のところ、オウソーは、別の人間を見たということをぼんやりおぼえているだけなのです。それは自分のおかあさんでした。どうしておかあさんと、はなればなれになってしまったのか、おぼえていませんし、ひとりきりになって、どうやって生きのびられたのかも思い出せません。

そこで、ひどくやるせなく、みじめな気持ちになって、オウソーはいつも絵を描いている場所へもどり、モデルがないままに人間の絵を描こうとしました。しかし、うまくいきません。足とか、腕とか、頭とかだけなら、かなりうまく描けるのですが、体全体がうまくまとまらないのです。

そこで、オウソーは声に出してひとりごとを言いました。話しかける相手がいないので、ときどき自分に話しかけるくせがあったのです。『ああ、地面からだれかが飛び出してきて、この肖像画が完成できるように、あの岩の上に立ってくれないかなあ！』

すると、どうなったと思いますか。想像もつかないことが起こったんです。岩を見つめていると、その上にピンク色のもやのようなものが集まりだしたのです。オウソー・ブラッジは、陽光にくらんで目がどうにかなってしまったかと思って、手の甲で目をこすりました。しかし、ピンク色のもやは、本物のようです。やがて、朝風に吹かれた谷のもやのように晴れてきました。とうとうすっかりなくなると、美しい少女が岩の上にひざまずいているではありませんか。両手に弓と矢を持って、まさに絵に描きたくなるようなポーズをとっています。当時はどの季節もひどく暑くて、スカートや上着を着ていられないほどだったので、少女は服を着ていませんでした。弓に矢をつがえて引っぱっている右の手首には、青い石のビーズのブレスレットをつけていました。

オウソーはこの好運をあまりにもよろこんで、ひとことも発せないほどでした。新しいトナカイの角を取り出して、ただちに仕事にとりかかりました。彫って、彫って、彫りまくりました。こんなにじょうずに彫れたことはありません。傑作を彫っているのだと自分でもわかりました。少女はまるまる二時間、彫刻のように完璧《かんぺき》にじっとしていてくれました。オウソーは、あとで岩の影を見て、まるまる二時間たったと知ったのです。もちろん時計などありませんから、影の長さを見て時間を計ったのです。

とうとう、絵ができあがりました。じょうずな絵でした。じょうずだということは自分でもわかっていました。オウソーは、手をのばして絵を遠くにかざして、ながめてみました。ところが、岩をふり返ってみると、ピンク色のもやがまた出てきているのに気がつきました。

『なんてことだ！』オウソーは、ひとりごとを言いました。『また消えてしまうなんていうことがあるだろうか？』

そう、消えていくようでした。ピンク色のもやが増えてきて、少女は消えかかっていました。今はもう、少女は影のようになっています。オウソーは、ひどくあわてふためきました。

『おーい。』オウソーは呼びかけました。『消えてしまうのかい？　ぼくは、ここでひとりぼっちなんだ。この世界は、ひとりきりでいるには大きすぎる。ここにいて、ぼくのめんどうを見てくれないかい？』

しかし、少女は真っ赤になっただけで、首をふって、消えつづけていました。

『少なくとも、いなくなる前に、君がだれなのか教えてくれるよね？』あわれなオウソーは、目に涙を浮かべながらさけびました。

そのころまでに少女はほとんど消えていました。かすかに残ったのは少女の声で、弱々しげに、歌うように、こう言いました。

『私はピッピティーパ。ごめんなさい、私、見えない世界へ帰らなければいけないの。とってもいそがしい人生を送らなければならないから。私、妖精《ようせい》たちみんなのおかあさんになるのよ。さようなら！』

今となっては、ピンク色のもやのうすいリボンのようなものが、ゆったりと上のほうへくるくるまわっていくのしか見えなくなりました。あわれなオウソーは、岩へかけより、なんとか少女にいてほしい、この世にとどまっていてほしいと、力ずくでおさえようとするかのように岩にだきつきました。でも、少女はいなくなっていました。そして、少女がいた場所には、青いビーズのブレスレットが落ちていました。少女の残していったのはそれだけでした。魔法で消えていくときに、手首から落としたにちがいありません。オウソーは、自分の手首にはめて、一生肌身はなさず大事にしました。

長いあいだオウソーは、おそろしくみじめな気持ちで何時間も何時間も岩のまわりを歩きまわり、少女の気が変わって、もどってこないかしらなどと思っていました。でも、少女はもどってきはしませんでした。これは悲しいお話ですが、おばあちゃんは、ほんとうの話だと誓っていました。そのうちにオウソーは、当時生きていた巨大な草食動物と戦うはめになりました。キリンと大トカゲを足して二で割ったような動物です。

　この動物は、今では神聖なものとなったあの岩のまわりに生えていた草を食べにやってきたので、オウソーは追い払おうとしたのです。敵は怒って、けんかになりました。このためオウソーは大わらわとなって、その日一日ピッピティーパのことは忘れてしまいました。それからしばらくして、オウソーはようやくもとの自分にかえって、動物や木々の絵が描けるようになりました。ピッピティーパの絵は大切にとっておきましたが、もうオウソーは人間の絵を描こうとはしませんでした。きっといつか、少女は気が変わって、帰ってきてくれると、オウソーはいつまでも信じつづけたのでした。」

第十二章　まだ月がなかったころ

ドリトル先生は、このオウソー・ブラッジとピッピティーパの話に、これまで以上の興味をお示しになりました。

「教えてくれたまえ、チーチー」と、先生。「おばあさんが、この話をしてくれたんだね？」

「はい。」チーチーは答えました。「おばあちゃんのお気に入りのお話でした。少なくとも十二回は聞いたと思います。」

「ふうむ！」先生はうなりました。「実に興味深い。とても変わっている。この話がいつ起こったか、いつごろの話か、わかるようなことをおばあさんは言っていたかね。」

「えっと」と、チーチー。「もちろん、ぼくには……〝伝説〟とかいうんでしたっけ……ほんとは起こっていないかもしれないけど、ほとんどだれもが信じているお話という意味の〝伝説〟にしか思えなかったんですけど。」

「だが、時代はいつだ？」先生はくり返しました。「この話がいつごろの話か見当をつけられんかね。つまり、そのころに起こったとされているようなことで、なにか手がかりとなるようなものはないだろうか。」

「ないと思います」と、チーチーは答えました。「でも、待ってください。こんなことがあります。おばあちゃんはいつもこんなふうにお話をはじめていました――『むかしむかし、月がまだなかったころ』って。どうしてだか、わかりません。たいしたことじゃないように思っていました。」

　ドリトル先生は、いすから飛びあがらんばかりでした。

「おばあさんは、月のことをもっと言っていなかったかね、チーチー。つまり、それ以外には？」

「言っていました。」チーチーは、忘れてしまったむかしのことを思い出そうとして、頭をしぼっていました。「サルの歴史というのは、もちろん口から口へ伝えられてきたものですが、その歴史のなかで、月はかつて地球の一部だったと信じられているんです。大爆発かなにかがあって、地球の一部が空へ飛んでいって、空にくっついてしまった。でも、どうしてボールみたいに丸くなったのか、ぜんぜんわからないし、説明できるサルがいるわけでもありません。地球から飛んでいった部分というのは太平洋のところだっていうんですけれど、そこはぜんぜん丸くありませんものね。でも、もちろん、話全体があやしいんです。ぼくだって、この話、ぜんぶうそなんじゃないかとよく思います。」

みんなはチーチーのお話をとても楽しみました。お話自体がおもしろかっただけでなく、先生が月の話題やサルの歴史の伝説に夢中になって、真夜中すぎまでぼくたちを寝かせなかったからです。

「いいかね、スタビンズ君」と、先生はぼくに言いました。「この話がどんなに奇想天外に思えても、ふしぎなことに、いくつかの事実とぴったり当てはまるんだ。たとえば、巨大な海カタツムリと話をしたとき、海の古い生物たちのあいだでも、やはり地球の一部が飛んでいって月となり、そのあとが深い海となったという言い伝えがかたく信じられていると教えてもらった。それに、大西洋の海底を旅していたときも、そのようなすごいさけめがあることが私の地質学的観察でわかった。ただ、チーチーのおばあさんは、大西洋ではなく太平洋とおっしゃっていたわけだがね。またアフリカへ行って、年寄りのサルたちに質問をしてみたくなるよ。このオウソー・ブラッジとピッピティーパのふしぎな物語のもっとくわしい話や、似たような物語を聞かせてもらえるかもしれん。」

「そうですね、先生、ぜひ行きましょうよ。」とうとう先生を航海へ連れ出すチャンスが来たと思ったぼくは、言いました。先生がむしょうに旅行なさりたがっているのはまちがいないのです。「以前アフリカにいらしたときは、ポリネシアによれば、病院の仕事があまりにもいそがしかったり、ジョリギンキ軍から逃げたりで、おもしろいお仕事をだいぶやり残したそうじゃありませんか。」

「うむ、しかし」と、先生はいらいらと首をふっておっしゃいました。「誘惑に負けてはならん。魅力的なアイデアが出てくるたびに、それにふりまわされているようでは、なにも成し遂げられん。それなりの成果が出るまで、この虫のことばの研究をやめるわけにはいかんのだ。スズメガが教えてくれた話を手がかりに巨大な虫について調べてもみたいものだが。サルと月の話でも、蛾と巨大昆虫の話でも、動物の歴史にこういう伝説があるというのは、奇妙なものだ。なにかあるにちがいない。蛾というのは、とてもなぞめいた虫だ。動植物界全体にくらべたら、蛾がどんな活動をしているか、十分の一も解明されていないと思うね。しかも、家ほどの大きさの蛾がどんなことをするだろうか、想像してみたまえ！」

「でも、」と、ぼく。「世界のどこかでそんなに巨大な羽虫が飛んでいたりしたら、だれかがぜったいに見ているはずです。そんな話、とても信じられません。」

「信じがたいことはわかっておる」と、先生。「しかし、この話には、なにかがある。さもなければ、蛾のあいだにこんな話が存在するわけがないのだ。」

第十三章　ロング・アローの思い出

先生の虫のことばの研究のなかでも、ぼくにとって最もおもしろかったのは、さなぎからチョウチョや蛾を羽化させることでした。その前年の秋から冬の初めにかけて、毛虫やいも虫やさなぎを集めるお手伝いをしたので、羽化装置のなかにはずいぶんたくさんいました。世話をするには、かなりの知識と経験が必要です。ぼくはいつも学んではいましたが、まだまだ足りませんでした。適切な温度や湿度に保ってやらねばならず、どの毛虫やいも虫も糸をつむいでさなぎになるまで特別な葉を食べさせなければなりません。しかし、九歳からチョウチョの研究をなさってきた先生は、チョウチョのことなら、もうなんでもご存じなのでした。決してまちがえるようなことはなく、チョウチョも蛾も、先生の手のひらでだって、野生のときと同じように気楽に羽化できるのです。実のところ、先生の羽化装置の条件は、野生の条件よりもずっといいものでした。野生の天敵から守られていて、生まれたとたんに食べられたりしないのですから。

めずらしいチョウチョや、とりわけ美しいチョウチョのときは、羽化するところを見ていると、とてもわくわくします。先生はたいていどのチョウチョにも、準備のととのった室内の小さな花園で少なくとも一日自由に遊ばせてから、聞きとり機で実験するのでした。

しかし、ぼくたちが早い段階で発見したことは、チョウチョは、羽化する前から、ことばがわかっているらしいということでした。

以前、この奇妙な事実について話しあっているときに、先生がこうおっしゃっていたことがありました。「たぶん、スタビンズ君、その理由のひとつは、チョウチョは幼虫のときにすでにある種の経験をしてきているからだろう。それに、人間の場合は『ことばを話す』というが、虫が考えを伝える方法は『話す』とは呼べない。話すためには舌を訓練して音を出さねばならんからね。もうひとつの理由としては、虫というのは、まちがいなく人間や大型動物とは比較にならないほど、親の経験や習性を受けついでいるからだ。虫の記憶は、自分自身の短い一生を超えて、はるかむかしにさかのぼり、群れというか、種全体としての思いや考えを遺伝的にもっているんだ。」

チョウチョや蛾が自分自身の経験以外のことを知っているという点に、先生は大いに興味をかきたてられました。オスのスズメガたちが、ふしぎなことにメスのスズメガの居場所を遠くからつきとめて集まってくるということだけが、スズメガのおどろくべき行動ではなかったのです。

ところが、こうしたふしぎな行動をどうやって成し遂げているのかつきとめようとすると、いきづまってしまいました。虫は、生まれたとたんに、自分たちの食べる葉や食物のあるところへ行けるのですが、虫自身、どうしてそれがわかるのか自分でもわかっていないようなのです。

虫は、生まれながらにして、どういうわけか自分の種の伝説や歴史を知っていて、生きぬくためにどんな敵をさけるべきかといったことがわかっているのです。でも、どうしてそのことを知っているのかとたずねると、ただ、わかっているとしか答えられないのです。

「つまりね、スタビンズ君」と、先生。「これが哲学者が言う〝先天的知識〟というやつだよ。もって生まれた本能的知識というわけだ。人間にはほとんどないが、あえて例をあげるとすれば、お乳がほしければ泣くとか、ほ乳びんやおっぱいに吸いつくというのが本能的知識だ。人間は、それくらいだね。多くはないが、それでもすごいことだよ。ニワトリなどは、生まれてすぐに、歩くこともできれば、エサをついばむこともできるし、危険が近づいて母親に呼ばれれば母親のもとへかけよることもできる。こいつは、人間よりも、もっとすごい。ところが、虫ときたら！　その本能的知識は、膨大なものだ。生まれてきたとき、母親は近くにいないんだよ。それでも、飛び方がわかり、ただちに生きていく方法がわかってしまう。特に、私が夢中になってしまうのは、虫が自分の種についての伝説や歴史を知っているという点だ。これは、私が知るかぎり、新発見だよ。この点をふまえれば、虫からほんとうに科学的価値のあることをたくさん学べるのではないかと期待できる。人間には本能的知識が足りない。とりわけ、文明人と呼ばれる人たちにはね。」

　先生は、じっと思いにふけりながら、しばらく口をつぐみました。

「つまり、文明に染まらない人たちのほうが」と、やがて先生は、つづけました。「はるかにすぐれていたんだ。ロング・アローをおぼえているだろう？」

「ええ、もちろん」と、ぼく。「あの人のことを忘れられる人がいるでしょうか。」

「アローのあのすばらしい植物採集は、」と、先生は言いました。「本能的な調査によって成し遂げられていた。航海や地理も同じだ。いったいどうやっておこなったのか、何時間にもわたって質問したことがあるが、わからないと言うんだ。ある種の本能の命じるままに進んだら結果が出ただけなのだ。ロング・アローという人は、まったくすごい人だよ！　世界一の博物学者だ。それなのに、ロンドンのおえらがた――王立協会やロンドン自然史博物館の人たち――は、アローの名前さえ知らないんだ！　私がアローのことを話そうとしたら、私の頭がおかしくなったか、私が〝ほら吹き男爵〟かなにかのように思ったらしい。いやはや！」

こうしてロング・アローのことやクモザル島ですごした日々のことを思い出したおかげで、ぼくらは、しみじみと、なつかしい気持ちになりました。当時いっしょに冒険をしたチーチーは、少し前に研究室に入ってきて、ぼくらの会話に熱心に耳をかたむけていました。その表情を見れば、ぼくとまったく同じことを考えているとわかりました。ぼくがふり返ると、先生は窓のところへ行って、この前と同じように満月をじっとながめていらっしゃいました。ぼんやりと青白い月の光が、表のお庭に降りそそいでいます。

「ねえ、先生」と、ぼくは言いました。「またロング・アローをさがしてみてはいかがでしょう。アローは本能的な調査があんなにできるのですから、先生の蛾の研究や、虫のことばの研究にも力を貸してくれるんじゃないでしょうか。たぶん、アローも同じような研究をもうずいぶんやっているかもしれません。」

先生が窓からぐるりとふり返って、ぼくを見たすばやい身のこなしから、先生にふたたび航海に興味をもっていただこうというぼくの作戦がうまくいったことがわかりました。でも、またすぐに、別の考えにじゃまされたかのように、先生はむずかしい顔をなさいました。

「ああ、だけど、スタビンズ君」と、先生。「今、ロング・アローがどこにいるか、だれにもわからんではないか。おぼえているだろうが、アローは、ひとところに何か月もいるような人じゃないんだ。見つけるのには何年もかかる。」

「それでも」と、チーチーが初めて口を開きました。「クモザル島へ行って、手がかりを得るのがいいんじゃないでしょうか。この前、アローをさがしに出かけたときだって、どこにいるかわからなかったんです。それなのに、見つけたわけですから。」

　ふたたび先生は、だまりこみました。先生が旅をしたくてたまらなくなっているのがわかりました。ぼくもそうでしたし、チーチーも、ポリネシアもそうでした。でも、したいからと言って旅に出たりしたら、大切な研究をほうりだすことになってしまうと明らかにお考えだったのです。

「しかし、チーチー」と、先生。「この前のときは、手がかりがあった。ムラサキ極楽鳥のミランダが、アローは北ブラジルのどこかかクモザル島にいると教えてくれた。でも、今度はどうだね。だれひとり、アローをどこからさがしはじめたらいいか教えちゃくれない。」

「ねえ、先生」と、ぼくは言いました。「前回、決めた方法をおぼえていらっしゃいますか。ミランダがやってきて、アローがいなくなったと告げて、アローを見つける希望をすっかり失ったんです。」

「そう、おぼえているよ」と、ドリトル先生。

「そして、いきあたりばったりの旅という地図帳ゲームをやったんです、ご記憶ですか？」

「もちろんだ」と、先生。

チーチーが、床の上をササッと走って近寄ってきました。

「ですから」と、ぼくは言いました。「もう一度やってみたらどうでしょう。アローがどこにいるかわからないでやって、前回は、うまく当てました。ひょっとしたら今回だってうまく当てられるかもしれません。あるいはもっとうまくいくかもしれません。いかがでしょう？」

しばらくのあいだ、ドリトル先生は、どうしようかと迷っていました。先生は窓のところへ行って、カーテンをあけて、もう一度、月を見あげました。

「なんてきれいなのだろう！」先生はつぶやきました。

「いかがですか？」ぼくはくり返しました。「どうなさいますか。いきあたりばったりの旅をやってみましょうか？」

このことばで、先生のなかの少年の心がもぞもぞと動きだしました。むずかしそうなお顔は消えて、急ににっこりなさいました。

「それはまったく名案だね、スタビンズ君。もう夕ごはんの時間だろう。地図を持ってきたまえ。私は台所で待っているよ。」

第十四章　いきあたりばったりの旅ふたたび

　チーチーは大よろこびです。先生が研究室を出て台所へ行くと同時に、ぼくは本だなのところへ行きました。ところが、すばしっこいサルのチーチーは、ぼくより先にそこに着いて、たなをはしごのようにして、本だなの上へスルスルとのぼって、あっという間に大きな本を持っておりてきてくれたのです。ぼくらはいっしょに、それをテーブルの上へ運びました。

「やったね、トミー」と、チーチーはささやきました。「ついてるよ！」

　チーチーは、ページをめくりはじめました。ぼくは、その地図のことをたいへんよくおぼえていました！　まずは、表紙です。『世界地図——アフリカ、北極、南極大陸の最新の発見を満載……一八〇八年エジンバラ市グリーン・アンド・サンズ出版社発行』というようなことが記されています。それから、天文学のページがあって、星座や、月の満ち欠けのようす、歳差運動〔自転している地球の回転軸がすりこぎを回すようにふれる現象〕の説明図など、いろいろ載っていました。

「月だ！」と、チーチーがつぶやきました。「かわいそうな先生！　月のことで、すっかりおかしくなってしまったみたいだね。でも、見て、こんなにいろいろあるんだね、ぼくらが行くかもしれないところ！　さあ、トミー、先生の気が変わらないうちに台所へ行って、はじめてもらおう。」

　ぼくは先生の机から、とがったえんぴつを一本つかみ、重たい本を小わきにかかえて、チーチーのあとを追って部屋を出ました。

　台所では、みんながテーブルのまわりにすわって、ぼくらを待ちかまえていました。バンポ、ガブガブ、トートー、ジップ、それに白ネズミもいました。

「ああ」と、先生。「地図を持ってきてくれたね、スタビンズ君。それから、えんぴつも？　よろしい！　夕食はちょっと待ってくれたまえ、ダブダブ、行き先を決めてしまうからね。」

「行き先？　行き先って？　なんのこと？」ガブガブが興奮して、チーチーにささやき声で聞きました。

「いきあたりばったりの旅をなさることにしてくださったのさ。」チーチーが、ささやき返しました。

「なに、それ？」ガブガブがたずねると、チーチーが答えました。

「目をつぶって地図を開いて、えんぴつをつきたてるんだ。えんぴつが指した場所がどこであれ、そこへ行かなきゃいけないのさ。うわあ、そわそわする！　アジアのどこかだといいなあ。東のほうへ行ってみたいよ。」

　さて、チーチーがそわそわすると言うのであれば、ガブガブは、これからはじまる重要なゲームにもっと興奮していました。テーブルのまわりをあちらこちらへ走りまわっては、だれかのいすに飛び乗っておしりにしかれて、「きゃあ」とおどろかれ、家具をたおすといったぐあいに、みんなをかきまわし、うんざりさせてばかりいました。

　だれひとりとして、落ち着いているものなどいませんでした。なにもかもが、先生が若いころに発明したこのふしぎなゲームで決まるのです。当時は先生だけの問題でした。先生はひとり身の自由な人間であり、たいした準備もせずに旅をなさっていましたから、こんなへんな方法で目的地を決定しても、まったくかまわなかったのです。ところが今や（おうちのものをどれほど連れていくのか知りませんが）、ゲームの結果はみんなの運命を変えることにもなるのです。

「いいかね」と、先生は、テーブルのまんなかに大きな本をおいて言いました。「前回はスタビンズ君がえんぴつをにぎった。今度はバンポ君にやってもらったらどうだろう？　バンポ君は、運が強いからね。」

「わかりました」と、バンポ。「みなさんを太低洋のまんなかに送りこまないといいのですが。」（バンポは最初のページをめくって、地球の陸と海の割合を示す図のところで止まりました。）

「だいじょうぶだ」と、先生。「このゲームのルールでは、もしえんぴつが海を指したら、やり直しということになっている。前に行ったことがある町や地方を指したときも、やり直しだ。陸を指すまで、しかも、行ったことのないところを指すまで、やり直しをするというルールだ。だが、ルールに合った場所を指したときは、そこへ行かなければならない。なんとしてでもね。」

「よろしゅうございます」と、バンポはえんぴつを持ち、本をとじながら言いました。「今宵《こよい》が幸運な夜でありますように。」

「そうでありますよう。」ガブガブが、先生のひじとぼくのひじのあいだから、テーブルの上に鼻をつき出しながら、ささやきました。「サトウキビがいっぱいある、あったかい国がいいなあ。サトウキビをもう何年も食べてないや。最後に食べたのは、カナリア諸島で、ひどい海賊から逃げているときだった。おぼえてる、ポリネシア？」

第十五章　ガブガブがゲームを止める

　みんながテーブルのまわりに集まって、かたずをのんで見守っているようすは、まるで絵のようでした。ぼくは生きているかぎり、あの光景を忘れないでしょう。バンポだけが立っていました。大きな右手にえんぴつをにぎって、左手でとじたままの地図帳をつかみ、本の背をテーブルにつけて、運命が定めるページがパラリと開くように身がまえていました。ほかのみんなは、興奮に身をかたくして、バンポを見つめたまま、まるくなってすわっていました。テーブルの上には、四本のロウソクが、真《しん》鍮《ちゅう》のロウソク立てに立って燃えています。一瞬、針が落ちても聞こえそうなほど、しんと静まりかえりました。

「準備はいいかな、バンポ君？」先生が、妙に落ち着いた声でたずねました。「目をつぶるのを忘れないでくれたまえ。本を落として、自然に開くままにして、えんぴつの先で指すのだ。」

「はい、先生」と、バンポは、ひどくこっけいなしかめつらをしながら言いました。

「準備オーケーです。」

「よろしい！」と、先生。「はじめたまえ。」

バンポは左手を放しました。重たい本は、ドシンと落ちて開きました。バンポの右手は、えんぴつで宙に輪を描きながら、ゆっくりとその先をおろしていきます……すると——ガラガラガッシャン！

ガブガブが、あんまり一生懸命に本をのぞきこもうとして、よろめいて、ロウソクを四本とも、たおしてしまったのです。部屋は真っ暗になりました。

ただちに、みながあちこちで、ぺちゃくちゃしゃべりだしました。だれもがいっぺんに、ああしろこうしろと言いだしたのです。でも、先生の声はとてもきっぱりとしていたので、ほかの声にまぎれて聞こえなくなることはありませんでした。

「待ちたまえ、バンポ君！」先生はさけびました。「えんぴつを動かしてはいかん。すぐに明かりがつくだろうから、えんぴつはそのままにしておいてくれたまえ。」

もちろん、いつものとおり、マッチはすぐには見つかりませんでした。ダブダブは、かわいそうなガブガブの耳を、つばさで思いきり打ちすえてから、マッチをさがしに出ていきました。ずいぶん時間がかかりました。でも、やがて、どうにかぼんやりと物が見えてきました。窓の外のお庭に光をあふれさせている月のおかげで、部屋のなかの物のだいたいの形がわかったのです。カーテンのひとつは、すっかりあいていました。

「だいじょうぶです、先生」と、バンポが言いました。「動かしません。マッチを持ってきてください。どこに行くことになったのか、見てみましょう。」

　そのときの興奮たるや、想像がつくでしょうが、すさまじいものでした。しかし、部屋にさしこむ月光では、たがいの顔を見ることはできても、本を読むことはできませんでした。

「きっとアフリカだね」と、ポリネシア。「まあ、どこにしたところで、かまいやしないけどさ。いいところだよ、アフリカは。ほかの人がなんて言おうと。」

「アフリカじゃないよ」と、フクロウのトートー。「私にはわかった。」

　トートーが暗闇でも目が見えるのを思い出して、みんなは「じゃあ、どこ？」とさけびました。

「教えなーい」と、トートー。「でも、びっくりするところだ！　それだけはまちがいない。いや、まったくもって、こいつはおどろきだ。こんな旅行をするには、たいそうお金がかかるだろうね。」

「ああ、マッチを急いで取ってきてよ、ダブダブ！」ガブガブがさけびました。「どこに行くのか知りたくて、ぼく、はれつしそうだ。それにこの月明かり、なんだかこわいよう。」

早く明かりがほしくてたまらないガブガブは、手さぐりでドアから外へ出て、ダブダブがマッチをさがす手伝いをしようとしました。しかし、ガブガブにできたのは、新しいロウソクの山と、お待ちかねのマッチとを、つばさいっぱいにかかえて部屋へ入ってこようとしたダブダブとゴッチンとぶつかることだけでした。ダブダブは、まるまる太ったガブガブとぶつかって、ひっくり返ってマッチを落とし、大さわぎをしているうちに、マッチはどこかのすみにけっとばされて見つからなくなってしまいました。

ガブガブが怒りまくったアヒルにひっぱたかれたり、くちばしでつっつかれたりする物音がしても、台所でじっとしているぼくらのわくわくした気持ちがさめるようなことはありませんでした。ガブガブはブーブーと悲鳴をあげて、洗い場へ逃げこみましたが、そこからさらなる物音が聞こえ、どうやら足ふきマットにつまずいて、バケツのなかに入ってしまったようでした。

とうとう先生ご自身が救助にむかいました。先生はすいすいと食料貯蔵庫にまで行くことができ、別のマッチ箱を見つけて、火が消えないように手でおおいながら帰っていらっしゃいました。

光線が、開いた地図帳に初めてさしこんだとき、ぼくの心臓はどっきんどっきんと高鳴りました。バンポは目をぐりぐりまわしながら、迷信的な恐怖を感じて、天井を見あげました。ポリネシアは大声で鳴きたてました。チーチーは、ヒューと長く低いおどろきの口笛を吹きました。

　地図は、天文学のページのところで開いていました。バンポのえんぴつは、左下のはしにある小さなさし絵を指していました。えんぴつの先は、月のどまんなかを指していたのです！

第三部

第一章　バンポと魔法

なにも言わなかったのは、先生ただひとりだけだったと思います。だまって、じっとなにかを考えながら、先生は、バンポの大きくて黒い手がまだ月のまんなかにえんぴつをつき立てている、その地図帳を食い入るように見おろしていらっしゃいました。

「ぶったまげたわ！」と、ポリネシアが、へんてこな船乗りの足どりで、テーブルの上を、足をひきずるようにして歩きまわりながら、うなりました。「すごい旅だよ、みんな、すごい旅だよ！　ほんと、たしかに月を指しているもの――まあ、太陽を指していたかもしれないしね。太陽の絵もそこにあるし、ほかのとんでもない惑星の絵もみんなあったんだ。それよりは、ましってことだね。」

洗い場からもどってきて、今は地図のページに身を乗り出しているガブガブが言いました。「月には、どんな野菜があるのかなあ。」

「うひゃひゃ」と、白ネズミがくすくす笑いをしました。「こんなじょうだん、聞いたことないでちゅ。」

「ネズミだっているかもしれねえぜ」と、ジップ。「月は、いつだって、穴だらけに見えるからな、おれには。」

「住むには、つまらんところだろう」と、トートー。「あそこじゃ、お金なんて使わないだろうから。」

「ええ、でも、そこまで行くのに大金がかかるんですよ。忘れないで！」ダブダブがつぶやきました。

　このふしぎな結果に対するバンポの気持ちは、とても奇妙なものでした。ひどくおびえてしまったようなのです。大きな手が、えんぴつをつき立てたまま、ふるえているのがわかりました。でも、バンポがおくびょう者でないことは、みんなが知っていました。あらゆる人間の恐怖の源である、未知なるものが、バンポの勇気をぐらつかせたのです。そっとドリトル先生は前へ身を乗り出して、バンポの動かなくなった手からえんぴつを取ってやりました。

「気に入りません、先生。」とうとうバンポは、弱々しい声で言いました。「まったく気に入りません。こいつはまじないです。魔法です。呪術《じゅじゅつ》です。つい昨晩、先生は月へ行きたいとおっしゃっていた。そして今、目をつむってこのゲームをしてみたら、なんと月のどまんなかを指しているなんて！」

　バンポが、黒い肌の下で、青ざめているのがわかりました。自分の手を導いたなぞの力の不吉な影響をおそれるかのように、バンポは本とテーブルからあとずさりをしました。

「なあに、ただの偶然の一致さ、バンポ君」と、先生。「たしかに、奇妙ではある。非常に奇妙だが、でもまあ、偶然だ。それだけのことさ。」

「けっこうです」と、ダブダブがより現実的な調子で、とうとう議論にくちばしをつっこみました。「偶然であろうとなかろうと、そんなことを言っているあいだに夕ごはんがさめてしまいます。トミー、このいやな本をテーブルからどけてちょうだい。スープを運びましょう。」

「でも、やり直しをしないのですか、先生」と、ジップがたずねました。「月なんて、だれも行けませんよ。もう一度やっていいんじゃないですか。いきあたりばったりの旅のルールにしたがうなら？」

「そりゃあ、」と、ダブダブがぴしゃりと言いました。「いきあたりばったりの旅のルールにしたがうならそうかもしれませんが、台所のルールでは、夕食前にそんなことは許しません。もう三十分もお食事がおくれてしまっているんです。おすわりください、みなさん。すっかりだめになってしまう前にいただきましょう。」

　ぼくらは食卓のそれぞれの席にすわり、なんだか静まりかえって食事をはじめました。その沈黙をやぶるのは、ガブガブがズルズルとスープをすする音だけでした。

「ともかくも、先生」と、バンポが数分してから言いました。「行けませんよね。月なんて。」

「いや、そう言いきれるものでもなかろうよ、バンポ君」と、先生は答えました。「それどころか、いつかだれかが月に行くことはまちがいないと思っている。だが、もちろん、今のところは、科学によって新しい航空の方法が開発されなければ、月行きは不可能だ。実のところ、このゲームがこんな結果になってよかったと思っているんだ。スタビンズ君とチーチーにこのゲームをする約束をしてしまって、とうに後悔していたものでね。私はほんとうはここで研究に専念すべきなのだ。蛾が巨大な蛾について教えてくれた話をすっかり調べてみたくてたまらない。考えれば考えるほど、そして調べれば調べるほど、なにか秘められた真実が根底にあると確信するんだよ。」

「じゃあ、いきあたりばったりの旅のやり直しをなさらないのですか、先生。」チーチーは、ひどくがっかりした声で言いました。

「うむ」と、ドリトル先生。「約束は果たしただろう？　えんぴつは今、だれもどうしても行けない場所を指した。なんらかの行き方を教えてくれれば行こう。それまでは——研究をしなければならん。」

第二章　窓をトントンとたたく音

　こうしてみんな、びっくりしたあと、ひどくがっかりしたのでした。ひょっとするとダブダブは例外かもしれませんが（でも、ダブダブだって旅行をしたいと思っていなかったとは言いきれません）、うちじゅうのものが外国へむけて出発すると思って胸を高鳴らせていたのです。ところが、ずっとおうちにいることになってしまうと、あちこちで、なあんだ、という声があがりました。ぶつぶつと、ざわめきが聞こえます。

「でもね、先生」と、チーチー。「ロング・アローはどうするんですか。虫のことばの研究でアローはとっても助けになるかもしれないって、先生もおっしゃったでしょ。それに……なんでしたっけ……本能的な調査とかが、できるんでしょ。バンポが地図の天文学のページを指したからってだけで、アローに相談するのをあきらめるんですか？」

「チーチー」と、先生。「アローがどこにいるのかわからないし、さがしようがないって言わなかったかな？　アローはとても助けになるだろうし、たぶん、私を助けてくれることのできるただひとりの博物学者だが、居場所がわからないんじゃ、どうやってつかまえるのかね？」

　この議論には、ぼくもそのとおりだと思い、それでぼくは少なからず悲しくなってしまいました。ドリトル先生との航海が、人生のほかのどんなことにもくらべようもない経験になることがわかっているぼくは、すっかり航海に出られるものと思いこんでいたからです。しかし、とてもうれしいことに、チーチーとぼくを助ける味方が出てきました。

「先生」と、ポリネシアが急にきびしい声で言いました。「先生は、あたしらをだまそうとしているだけなんですよ。動物界についての先生の知識をもってしても、その人がどこにいるかさがしだせないとでも言うんですか――鳥も、動物も、七つの海の魚たちも、先生のお役に立ちたいとうずうずしているというのに？　とんでもない！」

　先生は一瞬、まるで悪いことをしてつかまった子どものような顔つきをなさいました。そして、ぼくは、突然気がついたのです。先生はうちでの研究をやりつづけたいがために、いきあたりばったりの旅を決めるゲームの結果をわざと利用したのだということを。

「まあ、その、ポリネシア。」とうとう先生は、ちょっとまごついたようすでおっしゃいました。「約束は守ったじゃないか。ゲームのルールには、したがった。えんぴつが指したのは、行けないところだ。もう一度言うが、月へ行く方法を教えてくれたら、みんなをそこへ連れていくさ。」

　ぬけめない年寄りのオウムは、ドリトル先生に最初に動物のことばを教えたくらいなのですから、そうかんたんにはだまされません。それまでかじっていたトーストのかけらを落として、首をかしげながら、なにもかもわかっているかのような表情で先生を見つめました。

「あたしの質問に答えてもらってませんよ、先生」と、ポリネシア。「ロング・アローがどこにいるかさがすのはむりだとお考えなのか、お考えではないのか。」

「まあ」と、ドリトル先生。「前回、アローさがしに出かけたとき、どんなにたいへんだったか、おぼえているだろう？」

「ええ」と、ポリネシア。「でも、それは岩板が落ちてきてアローがほら穴にとじこめられてしまったからでしょ。今自由だとしたら、きっと自由だと思いますけど、それほどたいへんではないでしょうよ——先生なら。」

　しばらく先生は、いすのなかできまり悪そうにもじもじしていました。ポリネシアはぼくが知るかぎり、だれよりも議論がうまいのです。

「でも、わからんかね」ついに先生は、まあまあと、両手をポリネシアのほうへさしのべながら言いました。「ものすごい量の仕事がかたづかないまま、ここにあるんだ。巨大蛾について蛾が教えてくれた伝説の話はしただろう。家ぐらい大きな蛾がいて、一トンもの重さのものを数グラムであるかのように持ちあげてしまうんだ。こいつは調べなきゃいけないよ。どんな発見に結びつくか知れやしない。」

「海外旅行だって、どんな発見に結びつくか知れやしませんよ」と、ポリネシア。「でも、ほんとのところは、先生は行きたくないんですね。ふつうの探検だの航海だのには、あきてしまっていらっしゃるんだ。月だけが、ほしいんですよ。あかちゃんみたいに。」

しばらく、しんと静まりかえりました。ダブダブは、まだ食卓のかたづけをはじめていませんでした。だれもが、じっと考えこんでいるようです。

そのとき、窓をトントンとたたく、あやしい音がしました。くぐもって重たい、へんな音でした。

「ひゃあ！」と、ガブガブが鼻をならしました。「おばけだ！」そして、テーブルの下へかくれました。

「私はカーテンをあけたくありませんよ、ぜったい」と、バンポ。「トミー、あなたが行ってください。」

ぼくが一番窓に近いところにいましたから、ぼくがあけざるをえませんでした。たぶん、いつものようにチープサイドが入れてくれと言っているのでしょう。でも、そんなはずはなかったのです。スズメがあんな音をたてたりはしません。ぼくは、パッとカーテンをあけて、月明かりで照らされたお庭を見つめました。そして、手を口に押し当てて、わきあがってきたおどろきのさけびをおさえました。

第三章　巨大な蛾

　ぞっとするような月光の下、しばふの上にある奇妙なものを見たときの気持ちは、決して忘れることはできないでしょう。こわかったというよりは、おどろき、気が動転したのです——あまりにも動転したので、最初にさけび声を止めてからしばらくのあいだ、口がきけなくなってしまいました。やがて、ぼくは先生をふり返って口を開きましたが、声が出ませんでした。

「どうしたね、スタビンズ君？」先生は、立ちあがって、窓のところにいるぼくのところへやっていらっしゃいました。

　ドリトル先生は奇妙な光景や見たこともないものになれていらっしゃるとはいえ、窓ガラスの外にあるものを見たときは、先生でさえ、しばらくたじろいでいました。そこには、こちらを見ている顔があったのです。そもそも、それが顔であるとわかるまで、かなり時間がかかりました。あまりにも大きくて、どこが目で、どこが口かといったようなことが、すぐわからなかったのです。実のところ、少なくとも高さ百八十センチ、横九十センチはある窓いっぱいに見えているのは、顔の一部でしかありませんでした。しかし、そこにあるのがふたつの目であることは、まちがいありません——ふしぎな、とても美しい目です。先生とぼくのように、昆虫の体によほどくわしい人でなければ、なにかほかのものに見まちがえたかもしれません。でも、ぼくらには、ものすごい巨大サイズであるにもかかわらず、これは蛾の目だとはっきりわかりました。

ふたつ寄りそってつき出ている目は、部屋からもれる青白いロウソクの光を浴びて大きな玉虫色のオパールのようにきらめいていました。ぼくらは、まるで強力な虫メガネを通して、ふつうの蛾の頭を見つめているかのような気がしました。

「なんてこった！」ぼくのすぐとなりで、先生がつぶやくのが聞こえました。「これこそ例の巨大蛾にちがいない。ロウソクをぜんぶ消してくれたまえ、スタビンズ君。そうすれば、全体がもっとよく見えるだろう。」

ふるえる手で、ぼくは言われたとおりにしました。それから、窓のところへ急いでもどり、このおどろくべき化け物に見とれました。ロウソクの光のじゃまがなくなったので、月明かりでお庭がはっきり見えました。蛾の体は、お庭全体をうめつくしているようでした。

窓ガラスにぎゅっと押しつけられた頭のむこうに、少なくとも二階の高さにはなろうかという肩がそびえていました。とほうもなく大きな羽が折りたたまれて、太って毛がふさふさした胴体にぴったりくっついているようすは、ちょうど三角屋根がおうちについているみたいでした。大きさもそのくらいでした。窓をそっとたたいた巨大な足は、まだ窓の敷居にかかっていました。この大きな生き物は身じろぎしませんでした。先生がそのことをおっしゃる前に、ぼくも、この生き物はどこかけがをしているんじゃないかという気がしました。もちろん、部屋のなかのみんなの興奮ぶりはすさまじいものでした。ガブガブとバンポ以外の全員が窓へかけより、てんでんばらばらにさわぎたてたので、先生がすぐに静かにさせました。かわいそうなバンポは、外のお庭にどんなふしぎな光景があるにしろ、それは自分の手を地図の上で導いた悪魔の魔法によって呼び出されたにちがいないと思っているようでした。そして、どんなことがあっても、それを見に行こうとはしませんでした。ガブガブは、月光の下でこの世のものとも思われぬものと出会うよりは、テーブルの下へ安全に避難していたいようでした。

「さあ、スタビンズ君」と、先生。「ランタンをいくつか持ってきてくれたまえ。外へ出てみよう。チーチーは、私の黒いかばんをたのむ。いいね？」

　ジップ、ポリネシア、トートーをしたがえて、先生は裏庭へと急いで出ていきました。もちろん、ぼくもランタンを持って、そのあとを追い、チーチーもかばんを持っ

て追いかけました。

　その晩は、次から次へとおどろきの連続でした。お庭に出たとたん、ぼくは自分の呼吸がなんだかおかしいことに気がつきました。空気がいつもとちがうのです。立ちどまっていると、チーチーがくんくんと鼻であたりをかぎながら、なかばあえぐようにして、あとからやってきました。やっぱり異変に気がついたようです。

「なんだろう、トミー？」チーチーがたずねました。「気つけ薬をかいでいるみたいだ――息ができなくなるね。」

　ぼくは、なんの説明もできませんでした。でも、先生のところへ行くと、先生も息苦しそうにしているのがわかりました。

「そのランタンをひとつ、こちらへくれたまえ、スタビンズ君」と、先生。「この蛾がけがをしているなら、手当てをしてやりたい。」

　ふしぎな、おどろくべき光景でした。巨大な〝患者〟のそばに立った先生の姿は、いやに小さく見えました。それに、こんなにせまいところで、しかもこんなに小さな明かりでは、どこまでが蛾で、どこからがお庭か、見分けにくいのでした。着地したときにたおしてしまった木かな、と最初思えた巨大なものは、虫の左のまんなかの足でした。毛むくじゃらで、その毛は枝のように太いのです。

「どこがいけないのでしょう、先生？」と、ぼくは聞きました。

「まだわからんよ。」先生は、身をかがめ、ランタンであちこちのぞきこみながら言いました。

「足はだいじょうぶのようだし、羽も問題ないと思える。もちろん、かなり大きなはしごがないと羽を調べられんがね。だが、羽の位置は自然だ。くたびれているだけなのかもしれん。体全体がぐったりとたおれこんでいるようすからすると、長旅でつかれきっているのかもしれないね。」

「先生、なんか、のどがへんです。どうしたのでしょう？」チーチーがたずねました。

「空気中の酸素が多すぎるんだ」と、先生。「なにが原因かはまだわからんがね。ひょっとすると、この虫の毛か、あるいは羽の粉のせいかもしれん。害はないだろう。ちょっと酔ったような感じになるがね。そのふたつめのランタンを持ってきてくれたまえ、スタビンズ君。頭をもう一度見てみよう。どうやって、こんな小さな庭のしばふに、あたりの木々にひっかからずに着地できたのか、見当もつかんね。こんなに大きな図体《ずうたい》をしていながら、よっぽど飛ぶのがうまいんだろう。」

　ふたつの明かりで照らしながら、ぼくらはこの生物の頭のほうへ用心しながら歩いていきました。頭は家にくっつかんばかりになっています。近づくためには、しげみや、やぶをかきわけなければなりませんでした。

　頭の近くに来ると、さっき言った、あの空気のへんな感じがいっそう強まってくるのがわかりました。あまりにも強いので、ときどき頭がくらくらっとなるのですが、それを別にすれば、不快というわけではありませんでした。蛾の鼻の下の地面には、いくつかの巨大なオレンジ色の花が落ちていました。先生はついに、ご自分で「酸素」と呼んだガスが、この花から出ていることをつきとめました。ぼくらは、花を調べようと身をかがめたとたん、この香りのガスを吸ってひっくりかえりそうになりました。それで、先生は、しばらくうしろにさがるように、ぼくに命じられてから、ご自身も家のなかへ入って、花の強力な香りのガスを浴びてもだいじょうぶな化学液体にひたした布を、診察室から取ってきました。その布で鼻と口をおおってから、ぼくらは調査をつづけました。

「こいつは、純粋な酸素じゃないな。」先生は、巨大な花のひとつを調べながらおっしゃいました。「純粋な酸素だったら、われわれはこんなふうに平気ではいられないだろう。花から自然に出る強力なにおいに、酸素が多量にふくまれているんだ。こんな大きな花を見たことがあるかね。五つもある。この蛾が持ってきたのだろう。しかし、どこから――そして、なぜ？」

先生は身をかがめて、花のひとつを蛾の鼻の下にあてがいました。

「持ってきたからには、なにかわけがあるはずだ」と、先生は言いました。「このにおいが蛾にどんな効果をもたらすか、試してみよう。」

第四章　巨大な蛾の目ざめ

　最初は先生の実験はなんの結果ももたらさないように見えました。蛾の大きな頭は、死んだように地面の上に横たわったままです。でも、地球の蛾だってずいぶん長いあいだじっとしていることを知っているぼくらは、動かないからといって心配したりはしませんでした。

「ふしぎなのは、この姿勢だよ。」先生は、蛾の鼻に大きなラッパ形の花をあてがってやりながら、つぶやきました。「頭が、かなり不自然に前へつき出されている。だから、つかれきって意識を失ってしまったのではないかという気がするんだ。あ、でも、ごらん、今、触角がふるえなかったかね。」

　ぼくは、頭からつき出ている二本の棒を見あげました。ヤシの葉のようにふさふさしています。（インドの王さまのターバンにさした風変わりなかざりを思い出しました。）まちがいありません。たしかに、はしっこがかすかにゆれています。

「気がつきましたね、先生。」ぼくは、ささやきました。「立ちあがろうとするかもしれませんから、少しさがっていたほうがよくありませんか。あの足でふまれたら、笑いごとではすみません。」

この信じられない怪物の近くにいても先生が少しもこわがっていらっしゃらないのは、いかにも先生らしいことでした。動物界は、先生にとって、こわいものではないのです。巨大ビルのような大きさの蛾であっても、生まれたてのヤギのあかちゃんと同じように、身の安全をおびやかすものとは少しもお考えにならなかったのです。そのふしぎな信頼感は、動物のほうにも、いつもありました。先生のことをこわがったり、先生にさからおうとしたりする生き物なんて見たことがありません。この点こそ、先生とほかの人間との一番のちがいであり、だからこそ先生はすばらしい博物学者になれたのでしょう。どんな生き物も、先生に出会ったとたんに、先生を信用するように思えました。地球とはちがう世界から来たらしい、この巨大な虫もそうだったのです。

やがて、この蛾は——「目をあけた」という言い方はできません。蛾の目には、まぶたがないので、いつもあいているのです。しかし、触角が大きくふるえたり、足がかすかに動いたり、頭が少し持ちあがったりといった、さまざまな小さなしるしから、蛾に生気がもどり、気がついたことがわかりました。それでも、ぜんぜんおどろいたようすはありません。その巨大な目が、新たに意識のかよった光でかがやいて、先生が患者のためにあれこれせわしなく働いている姿をじっと見つめるのがわかりました。巨大蛾は、立ちあがろうとはしませんでした。それどころか、目をさますと、先生が自分のまわりでせっせとめんどうを見てくださっているのがうれしくてたまらないような、深いため息をついたのです。ぼくは、先生とその巨大な患者を見つめながら、もしこの生物がよそのお庭に落ちて、ほかの人間の手にかかっていたら、どうなってしまっただろうと考えはじめました。こんなに巨大なのですから、こわがられ、迷信や無知のせいで乱暴をされて、殺されてしまったかもしれません。いつもはやさしいバンポが、未知なるものに対して、あんなにおびえていたではありませんか。チーチーの話した先史時代の画家オウソー・ブラッジだったら、こんな巨大生物は出現したとたんに、まずやっつけてしまえと思うのではないでしょうか。やられる前に先手を打とうと考えて。

　しかし、先生はそんなことはありません。どんなに大きくて、見たこともない姿をしていて、よその世界から来たものでも、こわがったり、うたがったりしないのです。それどころか、見たこともないとなると、先生はおびえるのではなく、いつも夢中になるのです。先生といっしょにいることで、ぼくも、先生ほどでないにせよ、生き物に対して信頼感を持つようになりました。もっとも、ぼくはまだ、生き物から先生みたいに信頼されるというところまではいきませんでしたが。

先生と蛾を見つめながら、ぼくは、先生が本能的知識についておっしゃったことをはっきりと思い出しました。蛾は、もちろん先生にわかることばをひとことも話せませんし、先生も今はまだ、蛾のことばをまったく話せません。しかし、ふたりは、ことばを使わずに、やすやすとおたがいに気持ちを伝えあっているようなのです。たとえば先生は、長いあいだ飛んできたためにへとへとになっているはずの羽の筋肉を調べようとして、見るからに蛾の上にのぼりたがっていらっしゃるのですが、どういうわけか――まったくわけがわかりませんが――そのことが蛾には理解できるのです。とにかく、蛾はふいに胸をちぢめて、前足を広げ、肩を三メートル以上低くさげました。それから先生は、蛾の皮膚を傷つけないように、とても注意しながら、胴体をおおっている深い毛をかきわけて、のぼっていき（先生はそこを胸部と呼んでいらっしゃいました）、大きな羽のつけ根にお立ちになったのです。

ランタンの明かりが届かない、そんな高いところにいる先生の姿は、チーチーやぼくからはぜんぜん見えません。でも、やがて先生は、黒いかばんをあけてぬり薬のびんを上へ投げてくれと、ぼくに声をおかけになりました。

第五章　秘密を守れ

必要ならいつだって寝ずに仕事をつづける先生が、このような興奮状態にあって、だれよりもおそくまでお庭にいらしたのは、当然のことでした。ポリネシアもずいぶんおもしろがっていたのですが、明け方の三時ごろになると家へ入って、階段を下りたところにある大きなふり子時計の上で、うたた寝をしました。チーチーは、とうとう、しげみのなかで眠ってしまいました。ぼくは、五分ごとに自分をつねって、家の屋根の上へ朝日が顔を出すまでがんばりました。トートーは、もちろん昼より夜のほうが楽に起きていられるようでしたので、先生と最後まで残っていたのだと思います。翌日、先生は朝六時まで床におつきにならなかったと、トートーは話してくれました。

ぼくも、その少し前くらいまで、片方の目をあけ、片方の目をとじて、お庭をふらつきながら、なんとか先生の助手をつとめたのでした。目がさめてみると（もう午後二時ぐらいになっていました）、ぼくは広間のソファーに横になっていて、おふとんの代わりにカーペットをかけていました。台所へ行ってみると、ダブダブが目玉焼きを作っていて、「先生は、お庭の巨大蛾の居心地をよくしようと、今日は朝早くから診察をなさっているはずよ」と教えてくれました。

幸い、昨夜は暖かでした。ぼくは紅茶一杯とトースト一枚をダブダブからもらって、お庭へ出てみました。そこには、もちろん先生がいらして、朝の六時から九時ごろまで、ほんの二、三時間眠ったあと、例の奇妙な訪問客の調査をおつづけになっているのでした。さまざまな種類の食べられる物が大量にしばふの上にちらかっていたので、いろいろな食べ物を試していらっしゃったことは明らかでした。どんなふしぎな本能が働いて、最後に先生がはちみつを試されたのかはわかりません。なにしろ、この巨大な虫は、ぼくらが知っているようなみつを吸うチョウチョには、ちっとも似ていないのですから。しかし、たしかに先生は、この生物の食べ物を――たとえ、それがいつも食べている物でなかったとしても――見つけたのです。ぼくがそばへやってきたとき、先生はからっぽになった六つのハチの巣をしばふの上にちらかして、新しいハチの巣を与えようとなさっているところでした。

このころには、先生は、蛾を家から少しさがらせていました。蛾は今では気持ちよさそうに、しばふの上に立って、と言うか、すわっていました。しばふは、すっかり見えなくなっていましたが、どの方向からも蛾に近づくことができるようになったので、その姿がずっとよくわかるようになりました。

胴体はうす茶色で、羽は赤と青のとてもはなやかなものでした。足は緑で、そのほかの体の部分は黒です。止まってじっとするとき羽をとじるタイプでしたが、全体的な輪郭や見た目は、地球で知られている蛾のどれにもあまり似ていませんでした。

「こっちのほうへ、うつってもらったんだ」と、先生。「前庭からだれかに見られるといけないからね。」

「でも、動いてもらいたいということをどうやってわからせたんですか」と、ぼく。「もう、この虫のことばをお話しになれるようになったのですか。」

「とんでもない。ひとことも話せないよ」と、先生。「でも……そのう……どうやったかは自分でもわからんのだがね。私がそこへ行って、おいでおいでをして、前に食べ物をおいたりしたんだ。そして……まあ……なんとか私のほうへ来ようとして、がんばってくれたわけだ。」

ぼくは笑いました。

「そういうことがおできになるから、先生は」と、ぼく。「ほかの博物学者とちがって、動物のことばを話せるようになったんですよ。科学にたよらず本能で仕事をするということにかけて、ロング・アローのほうが先生よりもすごいとは思えません。でも、どうしてだれかに蛾を見られるとまずいのですか。」

「そりゃあ、スタビンズ君」と、先生。「とても重要なことだよ。町の人たちが、おどろくべき生物がここにいるなんてうわさを聞きつけた日には、次々に人がやってきて、この家をとりかこんでしまう。こちらは身動きがとれなくなるよ。しかも、この虫は人見知りをする。それはたしかだ。生まれつきおくびょうなのだよ、大きいなりをしてね。そう、なにが起ころうと、ここにこの虫がいることは、ないしょにしておかなければならん。ところで、マシューが来たら――夕食のあとになると毎晩のようにやってくるだろう――どうあっても裏庭に入れてはいかんよ。バンポや動物たちにも、秘密を守ってもらおう。ガブガブやジップなどは、マシューと話ができないにしても、蛾がいることをすぐにもらしてしまいかねん。そして、マシューは、秘密を守るということがどうあってもできない男だからな。」

　こうしてその日の午後、ぼくと先生は家じゅうのものを集めて、ぜったいにないしょにすると約束させました。それのみならず、先生は、だれかが蛾がいることに気づいて、うわさを広めるといけないと思って、交代で見張りを立てることにしました。バンポとジップとぼくが、町の人が偶然入りこんでこないように、順番に家の門の見張りにつきました。三時間交代制で昼も夜も見張りをつづけました。念には念を入れて、夜起きているのが得意なトートーとポリネシアは、どこから人が来てもわかるように、屋根のてっぺんにとまって、かわりばんこに見張りをしました。

　これくらい用心をしておいて、よかったです。ふつう一日のうち、ぼくらの静かな家にどれくらいの人がやってくるものか、それまで気がついていなかったのですが、ずいぶんたくさん来るものなのです。食料品を届ける配達の少年たち、診察室を訪ねてくる動物の患者さん、道をたずねに立ち寄る人々、メーターを見にきた水道局のおじさん、物を売りにきた行商人などなど、です。

しかし、ぼくらの見張りチームのおかげで、だれひとり、巨大蛾をちらっとでも見たり、先生の庭に巨大蛾がかくれていると感づいたりするような人はいませんでした。

「先生は、この虫がどこから来たのかおわかりですか。」ある晩ぼくは聞きました。

「まだわからん」と、先生。「君にも察しがつくだろうが、この虫がここに着いて以来、ずっと私はそれをわりだそうとしているのだよ。なにか手がかりがないかと思って、足を念入りに調べてみたが、なんにもわからん。見つけたほこりの粒子を顕微鏡で見たりもしたが、私の調べたところでは、それはここに到着したあと、この庭でついたものだった。おそらく着地のときのほこりだろう。これからやってみようと思っているのは、振動を記録する機械を使って、ふつうの蛾や羽虫と会話するように、話をすることだ。もちろん、こんな大きな生き物相手では、たやすくはなかろうがね。特別の機械を工夫せねばなるまい。こいつは大仕事になるぞ。だが、それでもかまわん。もう今にも大発見ができそうな気がするんだ。よろこんで長い時間をかけようじゃないか。そのかいはある。」

第六章　チョウチョの楽園

こうしてぼくらは、世間に見つからないように見張りをつづけながら、未知の世界からやってきた、このふしぎな生き物と会話をする仕事にとりかかったのでした。チョウチョや蛾のことなら、文明世界のどんなところにどんな種類がいるかご存じの先生は、まず、この蛾の出身地として考えられない地域をリストから消していきました。そうして、この虫は亜北極地域〔北極のそば〕から来たのかもしれないという考えを長いこと温めていらっしゃいました。その地域の虫については、ほとんどなにも知られていないのだそうです。

一方で、それとはまったくちがう、別の考えもお持ちでした。そのきっかけは、巨大蛾が夜になると、とても冷たくなると気づいたことでした。先生はすっかりとりみだしてしまって、お庭を暖かくしようと、ありとあらゆる手をつくしました。石油ストーブを何十台も買ってきてお庭じゅうにおいたうえに、何百個もの湯たんぽをしかけたので、お金の心配をするダブダブは死にそうな顔をしました。ストーブや湯たんぽをこっそりおうちへ運びこむのも、たいへんでした。お店の人は、もちろん「荷馬車で配達しますよ」と言いはってゆずらないのですが、ぼくらも負けずにがんこにそれをことわって、自分たちで家に運ばなければなりませんでした。お店の人は当然「そんなにたくさんの湯たんぽを、どうするんですか」と、知りたがりました。小さな町ですから、秘密を守るのはたいへんなのです。

　それから、先生は、蛾が南国から来たのかもしれないと考えて、チーチーに質問をしはじめました。チーチーのおばあさんが巨大な虫の話をしたことがないかとたずねたのです。

　チーチーはしばらくのあいだ、ずいぶん一生懸命考えました。おばあさんがそんな生き物のことを話したおぼえはないようでしたが、やがて、こう言いました。

「ああ、待ってください。そう、思い出した。ありました、ありました。」

「いいぞ！」と、先生。「どんなことだね？」

動物たち全員が、またチーチーが古代世界の話をしてくれると期待して、まわりに集まって耳をすませました。

「あのですね、」と、チーチー。「そういう虫が南国にいた――つまり、南国ならではの虫だったなんて記録は、むかしも今もないのですが、おばあちゃんが、月がまだなかった時代には、ものすごく巨大な生き物がたくさんいて、人間は生き残るのがたいへんだったって話していたのを思い出したんです。特に恐竜とか、危険な動物がたくさん増えて、ある地方からほかの動物をぜんぶ追い出したときの話です。人間が生きていくのがたいへんだったのは、追いかけられて殺されたからだけではありません。たとえば、人間が小麦を育てたり、ヤギを飼ったりしている農場へ巨大トカゲが群れをなしてやってきて、あっという間に根こそぎ小麦を食べ、地面がまるはだかになるまで草を食いあらして、ヤギの食べるものをうばいさってしまうからなんです。」

「そうか、そうか」と、先生。「でも、虫はどうだね、チーチー。おばあさんは巨大な蛾とか、カブトムシとか、チョウチョの話をしていたかね。」

「ええ、今そのことを言おうとしていたんです」と、チーチーは言いました。「おばあちゃんがよくしてくれた話なんですが、やっぱり月がまだない時代に、ずいぶん長いあいだ、生き物のやってこない谷があったんですって。つまり、そのころの世界には、あるところが動物でごったがえしても、まだまだがらんとしたところがいっぱいあったわけです。そして、この静かな、動物のいない谷には、巨大なチョウチョがいっぱい住んでいたそうです。もちろん、おばあちゃんが見てきたわけじゃなくて——何百万年も前の話ですからね——聞いたとおりに、ぼくらに語り伝えているだけですけれど。でも、おばあちゃんが言うには、このチョウチョは羽を広げると、はしからはしまで百歩あったという話だそうです。」

「おばあさんは、ほかにも巨大昆虫の話をしていなかったかね、チーチー」と、先生は、たずねました。「たとえば、蛾とか？」

「ああ、あの」と、チーチー。「今、チョウチョって言ったのは、そういう大きな羽虫はすべて、サルのことばで、そう呼ぶからなんです。おばあちゃんが言っていた虫が、ほんとは蛾だったってこともあると思います。とっても強かったみたいなので、蛾だったんじゃないかな。蛾のほうが、チョウチョよりも、強いでしょ？」

「ああ、まあ、たいていはそうだね。」と、先生。「でも、どうして強かったってわかるのかね？」

「えっと」と、チーチー。「人間がその谷に初めてやってきたとき、いろんな種類のめずらしい花とか植物がいっぱいだったんですって。そこの土がとてもとても肥えていたみたいなんです。その谷は、何年も前は、山にかこまれた湖だったところで、たくさん魚がいたんですが、突然地震かなにかがあって、山にできたさけめから水がすっかりもれてしまって、魚は泥のなかで死んでしまったそうです。くさった魚のにおいがひどくて、ほかの生き物はみんな出ていってしまって、おかげで谷の土はものすごく肥えたんです。しばらくすると、よくある野生の花や雑草の種が、山を越えて飛んできました。それが根を生やし、芽を出し、花を咲かせ、枯れて、それからその種があたりにちって、また根を生やすということがつづきました。でも、世界一肥えた土でしっかり育った花からとれた新しい種のほうが、むかしのものよりもずっとよくなっていたんです。こうして春ごとに、さらにすぐれた、もっと大きな花が咲くようになっていって、ついには、ほかの地域では服のボタンぐらいの小さな花を咲かせる野生の植物が、そこではニレの木ほど背が高くなって巨大な花を咲かせるようになったそうです。

そして、もちろん花があれば、チョウチョや蛾やハチや甲虫がしょっちゅうやってきます。こうして、かつては干上がった泥からくさった魚のにおいがしていた、だれもいない谷は、チョウチョの楽園となったのです。それは、ひどく切り立っていて、だれもよじのぼれないような山にかこまれた谷の奥深いところにあり、人間もけものも、花いっぱいのその遊び場をじゃましに来ることはなく、チョウチョやハチたちが、日光と色彩と平和にあふれた、しあわせで、ぜいたくな暮らしをしていたんです。」

チーチーが話したチョウチョの楽園の話は――これまでの古代世界の話同様――ぼくらを夢中にさせました。ガブガブから先生まで、みんな一生懸命耳をかたむけ、そのあいだ、この小さなおサルさんは、テーブルのはしにこしをかけて、足を組んで、先祖代々伝わる先史時代の伝説を語ってくれたのでした。

「そして、」と、チーチーはつづけました。「谷の豊かな土で大きく育った花のように、その花で育ったチョウチョやハチも大きくなりました。巨大化したのです。その花からとれたはちみつで——」

「なんだって」と、先生が口をはさみました。「はちみつ、と言ったかね？」

「ええ」と、チーチー。「つまり、花からとれる食べものということです。それで、チョウチョが大きくなったのは、その地域のとりわけ豊かなはちみつのせいだと信じられていたんです。」

「ふうむ！——なるほど、なるほど。失礼した。つづけてくれたまえ」と、先生。

「ところが、そんなすごい生き物ばかりいる、おどろくべき谷も、やがて発見されて、よそ者にあらされることになります。おばあちゃんが言うには、サルの世界に伝わる話では、そこに最初に入ったのはヒヒだったそうです。ヒヒたちは、その谷をとりかこむ高い岩山をようやくのぼりきって下を見おろすと、船ほども大きな、はでな色をした羽虫がうようよいたので、きもをつぶしてすたこらさと逃げだし、二度ともどってこなかったそうです。ただ、ヒヒが山をのぼっているのを見た人間たちが、見よう見まねで同じ道をたどってやってきました。その一行のなかには、仲間をひきいて大きな動物におそいかかるほど大胆な男がいました。仲間がしりごみをしているあいだに、その男は急ながけをおりていき、すばらしい巨大生物を調べてやろうとしたのです。男は谷底に着き、軍隊でもかくせるぐらい大きな葉の下にかくれて待ちぶせし、ちょうど日なたぼっこをしながら地面をはっていた一匹のチョウチョに、ふいに飛びつきました。大きな虫は、すっかりおびえて、さっと飛び立ちました。そして、肩からあわれな男をぶらさげたまま、山を越えて飛んでいってしまいました。チョウチョも男も、その後、二度と目撃されることはなかったそうです。」

第七章　巨大な蛾のふるさと

チーチーが話を終えると、台所のテーブルのまわりでは、みんないっせいに感想や意見を言いあいました。

「いい話だったよ、チーチー」と、ガブガブ。「とってもおもしろかった。でも、オウソー・ブラッジの話ほどじゃなかったな。」

「どうしてだい、ガブガブ」と、先生がたずねました。

「だって」と、ブタは言いました。「オウソーの話のほうがずっとロマンチックだもの。ぼく、ロマンチックなお話のほうが好きなの。消えていくピッピティーパが、岩の上に石のビーズのブレスレットを残していくとこなんか、ぐっときた。それをオウソーが取って、一生自分の手首にはめてたなんてさ。すごくロマンチックだよ。もうピッピティーパに会えないなんて、とっても悲しかった。チーチーに、あの話、またしてほしいなあ。」

「まあ、また、いつかの夜にね」と、先生。「もうおそいから、寝なくちゃいかん。」

先生は、蛾そのものと同じくらい、蛾が持ってきた大きなオレンジ色の花に興味を持ちました。まず、先生はその大きな花を見つけるとすぐ、たいへんな手間をかけて保管なさいました。大量の氷(というのは、パドルビーでは高価なぜいたく品なのですが)を魚屋さんから買ってきて、できるだけ長く花を新鮮なまま保ったのです。一方、ひとつの花を使って実験し、そのにおいには、どんなガスがふくまれているか調べました。

この実験は、先生にとって、かなり興味深いものとなったようです。先生は分析化学が大の得意なのですが、花のせいで息苦しくなったのは、これまでの化学ではわからない問題なのだそうです。

この実験が終わると、先生はふたたび蛾そのものに注意をむけましたが、残りの花にも気を配って、できるだけ長持ちさせるために、きちんと管理するよう心がけました。

蛾の研究はなかなか進みませんでした。もし巨大昆虫自身が、先生の研究に好意的に協力して、あらゆる点で先生のお役に立とうとがんばってくれなければ、なんの成果も得られなかったかもしれません。そんなある日、先生がこの研究に二十四時間近くぶっつづけでとりかかって、まったく夜の睡眠をとっていらっしゃらなかったので、ぼくは、いよいよなにか重要な事実が明らかになるのではないかと思いました。

　こうして、長い長い研究のすえ、ある朝とても早くに、先生は興奮に目をかがやかせて、ぼくの部屋に飛びこんでいらしたのです。

「スタビンズ君」と、先生は言いました。「あまりにすばらしくて、信じられん。まだ確信はできないが、私が思うに——思うに、だよ——あの生物がどこから来たかわかったんだ。」

「ほんとですか！」と、ぼく。「それはすごいニュースですね。どこから来たんですか？」

「私の推測では、」と、先生。「ヨーロッパではない。亜北極や南極のような世界の果てというのも……ぴたりとは当てはまらない。」

「とにかく、わかったんですね」と、ぼく。「早く教えてください。聞きたくてたまりません。」

「まずまちがいなく、」と、先生は、ぼくが信じないとこまるというような表情を浮かべながら言いました。「月から来たと思う。」

「なんですって！」ぼくは、息をのみました。「月ですって？」

「疑問の余地はない。」先生は答えました。「ある種の機械を組み立てたんだ——かなり試行錯誤をくり返したあげくにね——虫の振動を伝える機械だ。むこうが私と同じくらいコミュニケーションをとろうとしてくれなければ、うまくいかなかったと思う。

どうやら、使いとしてやってきたらしい。君もポリネシアから聞いているだろう、アフリカのサルたちが、ツバメを使いによこして、病気で苦しんでいると私に伝えたときのことを――私のうわさを聞きつけて、私に助けに来てほしいと言ってきたんだ。」

「ええ、」と、ぼく。「ポリネシアが何度も話してくれました。」

「今度も」と、先生。「似たようなものだ。信じられんことだ。ときどき、われに返って自分をつねってみたよ。なにかとんでもない楽しい夢でも見ようとしているのではないか、そうであってほしいと願うあまり勝手になにか思いこんでいるのではないか、と不安になってね。それでも、そうだと信じてよい、はっきりとした理由があるんだ。もし事実なら、これは、わが人生の最高の瞬間となるよ。私の評判を聞きつけたサルたちにアフリカに呼ばれて、こまっているサルを治してやったというのは、たいへん光栄なことだし、博物学者ロング・アローをほら穴から助け出したのも大いに意義のあることだったが、今まで人間が見たこともない生き物たちから別世界へ呼び出されるというのは、スタビンズ君、いやはや……」

先生はそれ以上なにもおっしゃらずに、手をふりました。その声はふしぎに息苦しそうでした。ドリトル先生が感激して声をつまらせるなんて、めったに見られることではありませんでした。

第八章　なぞの花

先生がそうおっしゃるのを聞いて、ぼくがどんなにわくわくしたか、みなさん、すぐに察しがつくことでしょう。こんなふうになるかもしれない、あんなふうになるかもしれないと、いろいろな想像がぼくの心をよぎりました。けれども、先生は、このことがたしかめられぬうちに世間にあらぬうわさが流れてはいけないとお考えになって、先生が許可するまでは、だれにもこのことをひとことももらしてはならないと、ぼくにきびしくお命じになりました。科学者たちがおどろくべきことがあるなどと、起こりもしないことを起こるかのように生半可な発表をするのは、実にけしからんとおっしゃるのです。先生ご自身は、自ら証明できないようなことはひとことだって公表なさったりしません。それは、先生の名誉のために言っておかなければなりません。とは言え、たとえ確実であっても、「記者会見」など、めったになさらないのですけれど。

数日たったところで、蛾の持ってきたあの花は、巨大な蛾そのものにひけをとらないくらい複雑ななぞだとわかってきました。前にもお話ししたとおり、先生は花が枯れてしまわないかと、いつも心配なさっていました。もちろん、あの花が何日ももつとは思えません。蛾の〝ことば〟の研究のほうも、じれったいほど進まないまま、先生は毎朝、もう宝物の花がしおれて、だめになってしまったのではないかと、花をおいてある小さな特別な小屋へ行ってみるのでした。ところが、くる日もくる日も、変わらず新鮮なままなので、わけがわからなくなりました。氷で冷やしてきりを吹く世話をしただけで、そんなにいつまでも長くもつはずがないのです。

　博物学のどの分野にもくわしい先生は、植物学も得意でした。先生はこのラッパ形の花を注意深く調べた結果、ちょうど花が茎につながる付け根に、球根状のふくらみがいくつもついていることを発見しました。これは地球の植物界にあるどんな花の構造ともちがっていると、先生はぼくに教えてくださいました。もちろん、もし蛾が月から来たのなら、花も月から持ってきたにちがいないということは、以前から先生も考えていらしたことで、このふくらみ――先生は〝腺《せん》〟とお呼びでした――があるために、花が切り取られたあとも完全に新鮮な状態をずっと保てるのだそうです。月の花にはみな同じ特徴があるのだろうか、と先生は考えあぐねていらっしゃいました。

　しかし、さらにもっとふしぎなことに、この花にはどうやら自分で動く力があるようなのです。おかれたときとむきが変わるだけでなく、花があちらこちらへと動きまわるということを、ぼくらは、ついにつきとめたのです。

ぼくらは、このラッパ形の花をムーン・ベル〔月の鈴〕と呼びました。先生がこの花の奇妙な特質を発見なさったいきさつはこうです。先生は日に二度、花のひとつをもっていって蛾ににおいをかがせることにしていました。毎日こうして〝気つけ〟を与えると、虫がとても元気になるとわかったのです。月の蛾は、地球の空気があまりにもどろっとしていて、酸素が足りないと思っているらしいと先生は言いました。においをかがせずに十二時間以上ほうっておいたりすると、蛾はどんどん眠たそうになっていって、しまいには、ぐったりしてしまうのです。

夜、蛾がその日最後の花のにおいをかぎ終えると、先生はいつも氷で冷やした小屋へその花を持ち帰って、花を翌日までとっておきます。先生は、五つの花を代わりばんこに大事に使っていらっしゃいました――そうすれば大切なにおいが長持ちすると思ったのです。でも、言っておきますが、そもそも、そんな必要はなかったのです。というのも、この花は、一週間たっても、最初に発見されたときと同じぐらい強いにおいをさせていたためです。このふしぎな訪問客にこうしたにおいの治療をして、たくさんのはちみつを食べさせる（実際、手押し車にいっぱいあげました）ということだけが、ぼくらにできた手当てでした。

さて、すでにお話ししたとおり、先生は、とても気をつけて花を小屋にもどすと、シノブボウキの葉をふかふかにしきつめたベッドに寝かせてやります。けれども、あくる朝、花は時計のように正確に、別の方向をむいているのでした。

最初は、あまり気にもとめていませんでした。しかし、ある晩、せまい小屋に大きな花が四つもあると、もうおき場所がないように思えたため、五つめをドアから入ってすぐのところにおきました。朝になって、先生はびっくりぎょうてんしました。昨晩ドアの近くにおいたはずの花が、ほかの花といっしょにずっと小屋の奥のほうへ転がってぎゅっと集まっていたうえ、昨晩の花はぐるりとむきを変えて、花ではなくて茎のほうがドアにむいていたのです。

最初、先生は、だれかが夜のあいだに入ってきて、花を動かしたのだと考えました。ところが同じことが次の日も起こりました。いつものように先生は、事実関係をたしかめるまで、このことをぼくに話しませんでした。ぼくらは、ある晩、ランタンを持って見張りをし、先生もぼくも、はっきりと見たのでした――ドアに一番近い花が、ぐるりとまわってむきを変えるのを。

はじめ、ぼくには合点がいきませんでした。

「だって、先生」と、ぼく。「あれは、たまたまだったのかもしれません。シノブボウキがでこぼこしているところへおいたからでしょう。あれくらいの短い距離なら転がりますよ！」

「よろしい」と、先生。「明日の晩、また見てみようじゃないか。花はドアから吹いてくるすきま風がきらいなのだということを私は確信しているし、君に証明してみせることもできる。自分から転がって、動いているんだよ。」

そこで次の晩、ぼくらは、また見張りをしました。今度は、ぼくもすっかり納得しました。ふたつの花をドアのすぐ近くにおいてみたのです。一時間後、ひとつが、ひとりでに小屋の奥へ転がりだしました。少しして、もうひとつも同じ動きをして、ほかの三つといっしょになり、嵐をやりすごそうとする羊たちみたいに、身を寄せあいました。ぼくは自分の目が信じられませんでした。これは、たまたまなんてもんじゃありません。

帰り際に、先生が言いました。

「ねえ、スタビンズ君、われわれは、まったく新しい問題にぶつかっているんだよ。地球の植物界には、虫をつかまえる花があったり、夜になるとしぼむ花があったりするが、切りとられたあとでも動けるというのは、まったく新しいことだ。ねえ、スタビンズ君……そのう……もちろん……」——先生は、最近よくなさるのですが、少々きまり悪そうなようすをして、ことばをにごしました——「つまり……こいつはなにもかも、まったく新しくて、わけがわからんのだが、そのう、私は、この数日考えているんだよ、あの花たちは、おたがいに、話をしているんじゃないか、とね。」

「花が話をするのですか!」ぼくは、さけびました。

「そのとおりだ」と、先生。「小屋の奥へ、みながぎゅっと集まっていくのを見ると……それに……それに、なんらかの会話を交わしているように見えたんだ。でも、もちろん、今言ったように、あまりに新しいことだから、思いちがいかもしれん。」

「うわあ!」と、ぼく。「それは、とっても新しい考えじゃありませんか。」

「そうだ」と、先生。「でも、月ではどうだろう? むこうでは、花が話せるなんてのは、ひどく古くさいことかもしれんぞ。いずれにしても、君と私は、花が考えて、そして動けるという証拠をつかんだのだ。」

第九章　月のけむり

ついにムーン・ベルが自分で動くことをつきとめた翌日の夜、ぼくは九時ごろ先生の研究室へ入っていきました。最初、部屋にだれもいないのかと思って、台所へ行きかけたとき、ふいにポリネシアがささやくのが聞こえました。

「トミーかい？」

見ると、窓のそばの床にチーチーもいっしょにしゃがみこんでいるのがわかりました。

正直言って、もうこのころには、きっとなにか起きるんじゃないかと、気持ちの準備ができていました。いつ知らないところへ旅に出るかわからないと、両親に話しておいたくらいです。先生は、とても……こそこそしていました。ぼくは、いったい今なにが起こっているのか、一生懸命見きわめようとしましたが、ひょっとすると先生がだれにも——少なくとも、ぼくには——話さずに、こっそり発見をしたり計画を立てたりしているんじゃないかという気がして不安でした。それで、いてもたってもいられなかったのです。

「うん、ポリネシア」と、ぼくは言いました。「トミーだよ。ここで、なにしてるの？」

「なに、」と、ポリネシア。その声の調子から、ポリネシアが用心深くなっていることがわかりました。「先生が新しい望遠鏡を使って、観察記録をつけていらっしゃるだけさ。」

　先生はそんなことをなさっていないということは、すぐにわかりました。たしかに新しい望遠鏡――しかられるので、ダブダブにはないしょで買ったとても高価な望遠鏡――をのぞいていらっしゃいました。けれども、先生は観察記録をつけているのではありませんでした。

「なにをなさっているんですか、先生？」ぼくは、暗闇のなかで望遠鏡をいじっている先生のところへ行って言いました。

「やあ、スタビンズ君」と、先生。「今……そのう……合図が出ているんじゃないかと思ってね。」

「合図って？……どこからですか？」ぼくは、たずねました。

「それは、つまり」と、先生。「なんらかのメッセージをこの蛾に運ばせたのだとしたら――そうだと私は信じているわけだが――そうだとしたら、月の連中は――もちろん、どんな連中かわからんが――この蛾と連絡しようとなにかしらの合図を出して、使いがどうなったか確認しようとしているかもしれんだろう……ほら！　見たかい？　今ふわっと、けむりのようなものが、月の左側から出たぞ。のぞいてごらん、スタビンズ君。私は、また夢を見ているのかもしれん！」

　ぼくは望遠鏡をのぞきこみました。でも、ふつうの月の表面以外はなにも見えませんでした。ぼくは、月面には少しくわしくなっていました。先生は、いろいろな天文台が発行した小冊子を何冊か持っていらして、そこには、ぼくら地球の人間から観測が可能な月の表側の細かな地図が載っているのです。先生とぼくは、この数日、こうした地図をとても興味深く真剣に研究していたのでした。先生は、月の地理についてその当時知られていたことを、すっかりご存じでした。先生は、ぼくが今晩は月の表面になにも変わったことは見あたらないと言うと、がっかりなさったようでした。

「おかしいな。それは、おかしい！」先生は、つぶやきました。「たしかに、なにか見えたんだがなあ。左側に雲のようなものが、ふっとあらわれて、それからけむりみたいに消えていったんだ。だが、よろしい！　こいつはまったく新しいことだ。まだほとんど推測でしかないからな。私はいつも、こうじゃないかとか、こうあってほしいと思いこみすぎて、まいあがってしまうところがあるからな。」

　今回ばかりは、先生も、おまちがえになったのだ――そう、ぼくは感じていました。その日の夜おそくに、屋根の上の見張りの番を終えて帰ってきたフクロウのトートーと出会うまでは。トートーとポリネシアは相変わらず、だれかが先生のおうちにしのびこまないように、まじめに交代で見張りをつづけていたのです。だれかがお庭に蛾がいることをかぎつけて、先生が発表する前にうわさを広めたりするといけないからです。

　小さなフクロウは、ぼくとふたりで少し話をしたいとささやきました。ぼくはトートーを肩に乗せて、二階にある、ぼくの部屋へあがりました。トートーは、真っ暗闇のなかを、いつものように正確に動きまわってマッチを見つけ、それをロウソクのところへもっていって、ぼくがそこへ行くまで、カシャカシャとマッチをふって音を出してくれました。

「ドアをしめてください、トミー。」ぼくがマッチをすって明かりをつけると、すぐにトートーは、意味ありげに言いました。「そして、窓の外を見て、だれもあとをつけてきていないか、たしかめて。」

　ぼくは、そうしました。

「さて」と、ぼくは、明かりのついたロウソクのそばで目をぱちぱちさせているトートーのところへもどりながら言いました。「なんなの、トートー？　だれか、蛾がここにいることを聞きつけたの？」

「いいえ」と、トートー。「これまでのところ、蛾がここにいるという秘密は、ぜったいにもれていません。おしゃべりガブガブが口をすべらせていないか、すごく心配ですけどね。あいつがほかのブタに話したら、このあたりのブタというブタが、ブーブーと鼻をつっこんでさわぎだすでしょうけど、今のところ、口をすべらせていないようです。話というのは、そのことじゃないんです。聞きたかったのは、今晩、あなたは月を見ましたか、ということです。」

「うん」と、ぼく。「先生の新しい望遠鏡で見たよ。どうして？」

「なにか……その……変わったことはありませんでしたか。」トートーは、たずねました。

「なかったと思うけど」と、ぼく。「先生もおなじことをおたずねになっていたよ。先生は、なにかへんなものをごらんになったんだって。」

「ああ！」トートーは、うなりました。「やっぱり。思ったとおりだ。」

「なに？　どうしたの？」ぼくは聞きました。

「ええ、その」と、トートー。「私らフクロウは、月には、くわしいんです。月の満ち欠けは、おそらくほかのどんな動物よりも、フクロウにとって大事ですし。夜のあいだに狩りをしたり旅をしたりするための光というのは、とても大切ですからね。そして、今晩は満月です。ちょうど十時に満月になりました。私は月を見あげながら、森で狩りをしていたとしたらどんなに明るいことだろうと考えていたんです——明るすぎるぐらいでしたね――すると、ふいに、月の左側に小さな雲のような、けむりのようなものがあがったんです。二、三秒もすると消えてしまいましたが、あれはまずまちがいなく、なにかの合図です。」

「どういうこと？」と、ぼく。「月のだれかが合図したっていうの？」

「もちろんです」と、フクロウは答えました。「そりゃあ、あなたにはありえない話だと思えるのでしょうけれど、結局のところ、例の蛾がどこからやってきたかわからないなんて言っている場合じゃないですよ。なにも世間に大声で言うようなことじゃないけれど、でも、わかりきったことじゃありませんか。あれが月から来たんじゃないとしたら、いったいどこから来たっていうんです。それに、こんな居心地の悪いところへやってきて、なぜいつまでもぐずぐずしているんでしょう。あれは、なにか目的があってやってきたんですよ。そうじゃありませんか？」

第十章　トートーの注意

この点について、トートーとポリネシアがぼくに見せた態度は、ずいぶんちがっていました。ポリネシアは、ぼくからなにかをかくそうとしているように見えましたが、トートーは、ぼくに打ち明けてくれたのです。オウムのおばあさんは、なにかの機会を待っていて、先生もまた――前にお話ししたように――ご自身の計画について、ぼくには知らせないようにしているんじゃないかという気がして、不安でした。そのことで、どれくらいドリトル先生とポリネシアが示し合わせているのか、どれくらいポリネシアが勝手に動いているのか、ぼくにはわかりません。でも、ものすごく心配な気持ちにさせられていたのです。

　トートーがざっくばらんに、ぼくにすっかり打ち明けてくれそうだとわかって、ぼくはとても元気づけられました。

「つまり」と、ぼくは言いました。「あの蛾がここにいるのは、先生を月へお連れしようと思っているからだってこと？」

「ほかに、なにがありますか？」トートーは、両方のつばさを広げて、首をすくめてみせるような、おかしなかっこうをしました。「だって、先生の評判はトミーだって知っているでしょう。評判が月まで届いたって、おどろくことありませんよ。月の文明がどんなことになっているのか、だれにもわかりません。でも、ジョン・ドリトル先生みたいな博物学者は、めったにいません。百年にひとり、いるかいないかっていう人材です。月では、なにかこまったことがあって、先生に助けてもらいたいんでしょう。そして、先生は、助けてと言われたら、のんびりなんかしていません。しかも先生は、ご出発を、ぎりぎりまで秘密になさろうとしてらっしゃる。」

「ふうん！」ぼくは、つぶやきました。「じゃあ、先生はもう今にも、お出かけになるかもしれないってこと？」

「わかりません」と、トートー。「どうなることやら。私に秘密を打ち明けてくださっていないのは、たしかです。でも、あの蛾が先生を月にお連れするようにと、なんらかの命令を受けてきているのはまちがいありません。先生があの虫のことばを学習して、連中のたのみごとを知るのにどれほどの時間がかかるのか見当もつきませんが、これから数日は先生の動きをよくごらんになっていてください。どういうことか、おわかりですね？」

ぼくは、しばらく考えてから、ようやく返事をしました。「わかった。忠告してくれて、ありがとう、トートー。」

「忠告をしたのは、トミーのためだけじゃないんです」と、フクロウ。「先生が行かれるなら、ほかの人間がいっしょに行ったほうが、われわれ動物としても安心なんです。月旅行というのは、まあ、ひかえめに言っても危険ですからね。そして、危険ということになれば、先生はできるかぎり少ないメンバーで行こうとなさるでしょうから。」

　トートーとこんな会話をしたあとですぐ、ぼくは、先生に計画のことをたずねてみました。

「じゃ、ほんとなんですね」と、ぼくは言いました。「あの蛾に助けてもらって、月へ行こうとなさっているというのは？」

「まあ」と、先生。「もちろん事態がどう展開するか次第ではあるがね。だが、そうだよ。そういったことを、たしかに、考えている。前にも言ったと思うが、この蛾が私を連れにわざわざやってきたことは、まちがいないように思えるんだ。」

「そう考えると、すごくわくわくしますが、」と、ぼく。「正直言って、どうやって月へいらっしゃろうというのかわかりません。月には空気がないんでしょう？」

　先生は首をすくめました。

「とにかく、月に生物がいる」と、先生。「この蛾の仲間たちは、ちゃんと生きているんだ。たぶん空気の種類がちがうといった程度のことだろう。私は今、月の大気がどのようなものか調べようとしているのだが、それがわかれば、地球の人間が月でも生きていけるかどうか、はっきりとしたことが言えるだろう。月では植物のほうが動物よりもずっと活動的で大切な役目を果たしているという結論が出そうなのだ。もちろん、まだ推測でしかないがね。だが、あらゆる点がそのことを示している。どのような空気であるにせよ、月の大気は、かなりの部分、植物から生まれているか、植物の影響を受けているはずだ。だから、あの蛾は例の花を持ってきたのだよ。そのにおいは、蛾にとってなくてはならないもののようだからね。」

「でも、」と、ぼく。「科学者たちは、月には水がないと言っているでしょう?　水があったら、雲があるはずだって?」

「まあね」と、先生は肩をすくめました。「科学者たちは、月に行ったわけでもないのに、どうしてわかるね?　ひょっとしたら月の水は地球の水と種類がちがうのかもしれない――蒸発して雲にならない水とかね。ひょっとしたら空気も熱も、ちがう種類かもしれない。だれがわかるだろうか。知るためには、月へ行ってたしかめるよりほかない。」

「それはそのとおりですが、」と、ぼくは答えました。「でも、たしかめる仕事をするあいだに、だれにも感謝されることもなく命を落としてしまうことだって大いにありえるわけでしょう?」

先生は真剣な顔つきで、しばらくじっと考えていました。

「そうだ。」とうとう、先生は言いました。「たいていの人には、ばかげて聞こえるだろうが、私は動物たちを信じている。月の動物たちが、なにかのために私に来てもらいたがっている。それが具体的になんなのか、まだわかってはいないけれど、私はこれまでの人生で、君も知ってのとおり、動物を信じてやってきたし、いまだかつてその信頼をうらぎられたりしたことはないんだ。月の動物が私に来てほしいんなら、行こうじゃないか。月の連中はなんとかして私を月へ連れていって、送り返してくれるにちがいないよ。」

「いやあ、」と、ぼく。「かりに月に空気――のようなもの――があったとして、あいだにはなにもないでしょう？　ぼくの理解では、地球からある程度はなれると、大気圏という空気の包みの外に出てしまいます。空気がなければ、羽ばたいたって、空気抵抗がないから飛べないでしょう？」

　ふたたび先生は肩をすくめました。「あの蛾はやってのけたんだ」と、先生。「飛ぶために必要なのは空気とはかぎらない。地球の重力のほうが月の重力より強いために、あの蛾は月の重力をふりきったとたんに、自分ではなにもしなくとも、地球へ引っぱられてきたんだと思うよ。つまり、月から地球へ来るほうが、月へ行くよりも、やさしそうだということになる。しかしながら、最も重要なことは、旅行の最中、命をささえるのに必要な空気をもっていくことのようだな。」

「月までは遠いんですか？」ぼくは、たずねました。

「遠いね」と、先生。「とは言っても、太陽までの距離の約四百分の一でしかない。月の動物たちが私に来てもらいたがっているとわかり次第、私は行くよ。なにもおそれることはない。月の連中がめんどうを見てくれるだろう。仲間の一匹を私のもとへよこすことができるくらいなのだから、私を連れていくことだってできるはずだ。ただ、どうやって生きていられるのか知らねばならん。それは聞いたこともない状況かもしれんが、生物が生きられる状況であるはずだ。その準備をしさえすればいいんだよ。」

　もちろん先生がそのような言い方をなさる以上、もはやなにも言うことはできませんでした。月であろうが地球であろうが、動物たちへのゆるぎない信頼ゆえに、どんな困難だってあっさりかたづけてしまうのですから、ただもう、びっくりするばかりです。月の生物に来てほしいと言われたら、行く。それだけのことなのです。

　となると、あとは先生と巨大蛾の会話のなりゆき次第ということです。蛾がおうちにいることを世間からかくしおおせていられるのも、いつまでつづくかわかりません。

「ねえ、スタビンズ君」と、ある晩、このことを話しあっているとき、先生は言いました。「私は、うちの動物たちにも、なにも言わないつもりなのだよ。つまり、月へ行くかもしれないなんてことはね。注意してしすぎるということはない。私がそんなことを考えていると外にもれたりしたら、二十四時間以内に国じゅうの新聞社から記者がうちの門に押しかけて、インタビューをさせてくれと大さわぎになるだろう。世間から変人と呼ばれるのはかまわんが、これほどセンセーショナルなニュースは、せきを切ったようにどっと広まって、どうにも止まらない大さわぎになってしまうものだ。これまでのところ、打ち明けたのは、ポリネシアだけなのだよ。トートー、チーチー、そしてジップも、うすうす感づいているようだが、私のほうから話していないし、トートーたちなら、感づいても胸の内にとどめておいてくれると思う。」

「もし行くとなったら、」と、ぼくは、たずねました。「だれを連れていくか、もうお決めになったのですか。まさか、おひとりでお出かけにはなりませんよね？」

「それが……その……」先生は、もごもご言いました。「なかなか決めがたい問題でね。つまり……その……危険が、スタビンズ君、大きいのだよ。そのことをかくしても、しかたがあるまい。あまりにも新しい冒険だからね。ときどき、だれも連れていかないほうがいいのではないか、連れていく権利など私にはないのではないかと思うのだ。私がひとりで行って帰れなくなったとしても、自分のやるべきことに命をささげたのだから、それはそれでかまわん。前にも言ったが、自分の身の安全は心配していないんだ。しかし、いっしょに行くほかのものたちも同じようにだいじょうぶかというと、自信がない。まだ最終的に決めたわけではないが、ポリネシアは連れていきたい――それからチーチーも。このふたりは、とても役に立ってくれよう。だが、ほかのものは、連れていきたいのはやまやまだが、留守番をしているほうがよかろうと思うのだ。」

　さて、もちろん、ぼくにとって一番重要な質問は、このトミー・スタビンズも、ドリトル先生の月旅行におともできるのかどうかということでした。でも、直接その質問をするのは、こわい気がしました。こんなふうに気持ちがひきさかれたことは初めてです。行きたくてどうしようもないと感じる一方で、次の瞬間には、なんてむちゃな冒険だろう、そんな旅から生きて帰れる見こみはまずないぞと思ってしまうんです。それから、先生をひとりで行かせて、ぼくがあとに残ったりしたらどんな気持ちになるだろうと考えました。それで、とうとう決心がつきました。この計画がこわくてたまらなかったのですが、ぼくは、先生とごいっしょするために、できるかぎりのことをしなければならないとわかったんです。ぼくがあとに残って、先生だけ行かせるなんてことはできません。翌日の夕方、ぼくは、この話を持ちだしました。

「先生」と、ぼく。「もちろん、この旅行にぼくをお連れになるつもりですよね？」――そうお考えになっているとして話を進めるのがよいと思ったのです――「助手なしでは、たいへんですものね？　きっと山のようにノートをとらなければならないでしょうからねえ?」

先生はしばらくお答えにならず、考えこんでいらっしゃいました。ぼくは、そのお顔をじっと見守りました。

「それが……ねえ……スタビンズ君」と、先生は、ついに話しだしました。「だれかを連れていくことについて、私がどう思っているかわかっているだろう。万一帰ってこられなくなってもなげく人がいないような、うちの家族――うちの動物たち――にしたって、連れていきたくないんだよ。そして……そのう……君の場合は、スタビンズ君、わかってくれなければいけないよ……非常にむずかしいんだ。このまったく新しい冒険の危険を私といっしょに分かちあいたいという君の気持ちを、私がありがたいと思っていないなどと考えないでくれたまえ。君が来てくれたら、どんなにうれしいか知れやしない。もうひとり、人間がいっしょにいることで、大いに安心できるだろうし、また助けられることもきっとあるだろう。しかし――だから、まあ、スタビンズ君、君だってわかるだろう、そんな旅に君を連れ出したりしたら、ご両親がなんとお思いなさるか。月へ行くんだよ! それとくらべたら、これまでの旅行はちょいと乗合馬車でロンドンの町はずれまで出かけるようなものだった。しかも、思い出してくれたまえ、スタビンズ君、私はあらゆる科学的な権威にさからって月旅行をするのだ。私がなにを思おうと、月を丹念《たんねん》に研究したニュートン以来、すべての天文学者が、月に生物はいない、月に生命はないと断言した事実は変わらないのだからね。私は賭《か》けをしているんだ。コロンブスのように、全人類にさからって、自分の信じることに賭けをしているんだ……。いや――もうしわけないが、連れていくことはできん。君のおかあさん、おとうさんが心配なさるだけではない。私の気持ちとしても、どうあっても君を連れていくわけにはいかんのだ。君は……君はあとに残っていてもらわなければならん。ここで必要とされるからな。君を……君を連れてはいけないんだよ、スタビンズ君。」

　ぼくは、がっかりしてしまいました。なにを言ってもだめだと思いました。それでも、先生の最終決断には納得できませんでした。月に行くのは危険だとぼくが言ったとき、先生は、危険などなんでもないかのような言い方をなさっていました。そして、ぼくも行きたいと言うと、今度は、この計画は危険なのだとおっしゃるのです。

　もう一度がんばってみようと思って、ぼくは、先生のおっしゃりようはおかしいと言いました。そして、最後にこうも言いました。

「蛾が持ってきた花が月に生えているなら、先生、水があるはずですよね。そうではありませんか？」

　おどろいたことに、ぼくの理屈に先生は少しもまごついたりなさいませんでした。

「ひょっとしたらね、スタビンズ君、そのとおりだ。しかし、われわれが直面している問題や自然史は、まったく未知の生命のものだということを、忘れないでくれたまえ。この植物のふしぎな働きは、これまでの科学にとっては、完全に新しいものなのだ。かなりくわしく調べてみたからわかる。われわれにとって、水なしで植物を育てるなんて考えられないが、月では、どうだかわからんだろう？　地球のランのように、空気中のしめり気を吸って生きるのかもしれん。あるいは別の方法で生きるのかもしれん。どうやって養分をとるのか、どうやって生きていくのか、その生まれた環境を見てみるまでは、なにも言えない。いいかね、スタビンズ君、もし私が月に生えている木を見たことがあったとすれば、君の質問にも答えられたのだが、見たことがないからね。だから、この花がどんなところから栄養をとって生きているのか、見当もつかんのだ。」

先生は、ことばを切って、それから立ちあがり、ぼくのいすのほうへやってきました。ぼくは、両手でほおづえをついて、ふさぎこみ、テーブルにむかってしかめつらをしていました。先生は、ぼくの肩をやさしくつかみました。

「友よ。」先生は、声をつまらせるようにして、うわずったおかしな声で言いました。

「もうこの話はやめよう。私が君といっしょにいたいということは、君だってよくわかっているだろう。でも、むりなのだよ、スタビンズ君――君を連れていくわけにはいかんのだ。」

第十一章　真夜中の訪問客

あとからふり返ってみるとわかるのですが、いっしょに行きたいというぼくのお願いに対する先生のお答えは、先生がお望み、いや、先生がお考えになっていたのとは反対の決心をぼくにさせたのでした。その夜、ぼくは、先生がお決めになったことに対して、なにひとつ言わずに寝室へさがりました。でも、床についてから、まんじりともせずに考えたのです。

ぼくが先生をひとりで行かせたら、どうなるだろう？　トートーが言ったことが思い出されました。「先生が行かれるなら、ほかの人間がいっしょに行ったほうが、われわれ動物としても安心なんです。」ということは、ぼくが行くのを禁じるほど危険なら、なおさらぼくが行ったほうがよくて、ぼくががんばらなければいけないということだと思ったのです。

ともかく、ぼくは何時間も眠らずに考えて、これからはもうなにも言わず、身をひそめて、トートーが言ってくれたとおり、しばらく先生の動きをじっと見張っていようと決めました。

そして、結果として、そうしてよかったのです。先生から同行をことわられてぼくがした決心のおかげで、結局ぼくは先生といっしょに行けることになったのですから。それは、ぼくの一生で一番のじまんとなりました。

そんな決心をしたその夜から、ぼくは、先生から目をはなしませんでした。どんな探偵も、ぼくのようにぴったり、先生のあとをつけたりできなかったでしょう。先生がぼくをお使いに出すときは、ぼくは行くふりをして、ジップかチーチーに代わりに行ってもらいました。先生が、いついかなるときに出発してしまうかわからなかったためです。でも、ぼくは、先生がどこにいて、なにをしていらっしゃるのかは、ちゃんとわかっていました。なにしろ、先生が出発なさるときは、ぼくもいっしょでなければだめだと、かたく心に決めていたからです。

このことで助けになったのは、トートーだけでした。もちろん、ぼくが先生を見張っていられない時間だってあります。ぼくも寝なければなりませんから。そんなときは、この小さなフクロウが、ぼくの代わりに見張っていてくれました。先生はどんなにぴったりマークされていたか、ご存じなかったと思います。

ついに、その時がやってきました。ぐっすり眠っているぼくの髪の毛を、トートーがそっと引っぱって起こしました。ぼくは、ぱっと目をさましました。

「トミー！」という声が聞こえました。「起きて！――トミー！　トミー！」

「なあに？」ぼくは、ささやきました。「どうしたの？」

「服を着てください」と、トートーはささやきました。「先生がお庭へ出ていきました。黒いかばんとオーバーコートをお持ちです。ついに、はじまったんです。お庭に来てください――明かりをつけてはだめです。用心しなくちゃ。私は暗くても見えるから、案内します。急いで――お願いですから！」

　ぼくの寝室はとても小さくて、なにがどこにあるかはよくわかっていたので、真っ暗ななかで着がえをすることはたいしてむずかしいことではありませんでした。服を手さぐりでさがして、それを身につけながら、このふしぎな初めての旅行に、なにを持っていったらいいんだろうと考えていたのをおぼえています。月では、なにが必要でしょう？　そんなこと、だれにわかるでしょう？　だって、だれも月に行ったことなどないのですから。ぼくはこの問題をすでに少し考えていたので、荷物は少ないほうがいいと決めました。いつもの先生のやり方です。それに、こうした状況では、なにかを選んでいる時間はありませんから、先生のやり方が一番だと思えました。

　ぼくの新しい大きなポケット・ナイフ！　そうです、あれはもっていかなければなりません。ぼくはたんすの引き出しからナイフを取り出しました。それとマッチ箱ひとつが、ぼくの手荷物のすべてでした。あとで何度も、この決断を笑ったものです。

もちろん、その晩、暗闇で背中を丸めてオーバーコートをはおっていたぼくには、ほんとに家を出て地球をはなれて大旅行へ出かけるのかどうかなど、はっきりとわかっていなかったのです。それでも、きっとトートーの思ったとおりなのだろうという気がしていました。トートーは、早くぼくが出てこないかと、ドアの近くでやきもきして、ぶつぶつ言っていました。ぼくが、とうとう手さぐりでトートーのほうへ行って、準備はできたとささやくと、トートーは、ほっとして、うなりました。

　ぴょんぴょんと真っ暗な階段をぼくより先に下りて、例のへんてこな小さなうなり声を合図にしながら、トートーはぼくを台所へ連れていきました。そこから、ぼくはとってもこっそりと、お庭へつづく勝手口のかけ金を外しました。

　何時だったのか、まるきり見当がつきませんでした。トートーに聞けばだいたいの時間を教えてくれるとわかっていましたが、声をかけるのはまずいと思いました。そよ風に吹かれて、空を流れる雲のむこうから、月が思い出したように顔をのぞかせていました。

　トートーは、ぼくの目がお庭の暗がりになれてくるのを待っていました。ぼくが転んだり、小枝をふんでバキバキ音をたてたりしたら、見つかってしまうからです。トートーは、ひとりで先へ行って偵察してくるとささやきました。飛び立とうとするかのように、ジャンプのために身をかがめるのが見えました。空を飛んだほうが地を歩くよりもいろいろ見えますし、見つかりにくいのです。

　ところが、トートーは地面をはなれませんでした。ふいに、キッとこちらをふり返り、ぼくのところへもどってきました。

「トミー！」声をひそめてトートーは言いました。「お庭に、知らない人たちがいます。正門から男がふたり、今やってきたところです。」

　ぼくがよく聞こうと身をかがめると、トートーはぼくのひざにぴょんととび乗り、そこから肩へ乗りました。ぼくらがいっしょに出かけるときに、いつも乗っかるトートーのお気に入りの場所です。そこからなら、ぼくの耳にささやくのもかんたんなのです。

「だれだと思う、トートー？」ぼくは、たずねました。

「さっぱりわかりません。」トートーは答えました。「とにかく、しっかり見張っていなければなりません。そしたら、そのうちわかるでしょう。ものすごくへんな動き方をしています――見つからないようにしようとしているようです。」

「おうちにしのびこもうとしているどろぼうかな？」ぼくは、たずねました。

「その可能性はゼロです。」フクロウは即座に答えました。「正気の人間なら、どろぼうに入る家として先生のおうちを選んだりはしません。先生がいつも一文なしだってことは、だれだって知っていますから。おうちにあった貴重品は、とっくのむかしにぜんぶ売り払ってしまいました。こいつらから目をはなさないで、なにをしようとしているのかつきとめましょう。どろぼうでないことは、たしかです。」

そこで、フクロウのひそひそ声の命令にしたがって、ぼくはしげみや垣根のかげにそって、はって行って、見知らぬ訪問客たちがなんのためにやってきたのか、つきとめようとしました。

やがて、ぼくらがスパイをしている相手もスパイなのだとわかりました。そのふたりの男は、少なくとも今のところは、先生がなにをしようとしているのかつきとめようとしているだけでした。まちがいなく、お庭に巨大蛾がいるという秘密がもれてしまったのです。月の青白い光に照らされた蛾の巨体のせいで、裏庭のしばふはほとんど見えなくなっていました。先生の黒い影が、そのまわりで調べまわっているのが、はっきりわかりました。

実のところ、ぼくは先生とその男たちの両方を見張っていたわけです。やがて先生の動きから、トートーの言ったとおり、今晩こそ、先生が出発しようと決めていた日だとわかりました。黒かばんのほかに、あやしげな荷物がいくつか、しばふのあちこちにおかれていて、先生がいつもの旅支度よりも入念な準備をなさったことがわかりました。こうなると、最も重要な問いは、この男たちは、先生が出発なさる前に、じゃまをするのだろうかということになります。

これはぼくにとって、まったくふしぎで、わけのわからない夜の冒険でした。先生を見張るほうが大切か、男たちを見張るほうが大切か、決めかねました。先生の計画は、科学と人類の知識の発展にものすごく重要かもしれないというのに、この連中は今にもそのじゃまをしようとしているのです。目のはなせない危険人物です。とは言え、先生から目をはなしたら、先生は月の蛾に乗って飛んでいってしまって、ぼくはおいてきぼりをくらうかもしれません。

トートーとぼくがどちらに注意をむけるべきか決めかねているあいだに、おどろいたことに、男たちは、かくれていたしげみから出てきて、大胆にも、しばふにいる先生のところへ歩み出ました。

「こんばんは、ドリトル先生」と、男たちが言うのが聞こえました。「私どもは『スロップシャー・クーリエ』新聞の者ですが、先生は、新奇でおどろくべき博物学研究や実験をなさっていらっしゃるそうですね。いくつか質問にお答えいただけるでしょうか？」

「ほらね、やっぱり新聞記者です！」トートーが、ささやきました。「思ったとおりです。でも、蛾がここにいることをどうやって聞きつけたんでしょう？」

「えっと、そのう……」先生は答えました。「ご質問にいらっしゃるには、ずいぶんおかしな時間ですね。ですが、あと数時間して、朝の十時か十一時ごろ出直していらっしゃれば、取材に応じられる時間が見つかるかもしれません。今は、とりこみ中ですから。」

新聞記者たちは、今すぐにほしい情報を持って帰りたくてたまらないようすで（特ダネをとって他社を出しぬきたかったのです）、ふたりでこそこそ相談してから、なにごとか答えました。それから先生に背中をむけました。トートーもぼくも、ふたりがなんと言ったのかよく聞こえませんでしたが、それがなんであれ、先生のおっしゃったとおりにするということだったようです。というのも、すぐそのあとで、ふたりは引きさがって、先生はお庭の別のところへ姿を消したからです。

トートーの助けがなかったら、この夜のことはあんなにうまくはいかなかったはずです。それ以来、ときどき思うのですが、この小さなフクロウが動物探偵の職業につく気になったら、偉大な探偵犬クリングをしのぐ名探偵になっていたことでしょう。

というのも、トートーには、相手から気づかれずに、相手を見ることができる才能があるからです。ふたりの男たちが先生からはなれたとたん、トートーはそのあとを追いましたが、ぼくの肩から飛び立つ前に言いました。

「いいですか、あのふたりは信用なりません。今晩私たちは、二重にスパイすることになりましたよ。先生のほうがあやしくありませんから、先生をスパイするほうがかんたんでしょう。トミーは先生を見張っていてください。私は、新聞記者たちから目をはなさないでおきます。言ったとおり立ちさったかもしれないけれど、そうじゃないかもしれませんからね。うっかり信用できません。トミーは先生のあとをつけてください。『スロップシャー・クーリエ』の連中がなにかへんなことをしていたら、すぐに教えますから。なにが起ころうと、先生をこの旅行にひとりで行かせてはだめですからね、いいですね。」

「わかった、トートー」と、ぼく。「まさかのときのかくごはできてるよ。じゃあね。」

フクロウは、つばさを軽くばたつかせると、ぼくの肩から飛び立って、夜の暗闇のなかへまいあがっていきました。それからぼくは、垣根やしげみのかげを伝って、とてもこっそりと用心しながら、お庭を進んで、しばふの上にすわりこんでいる巨大な月の蛾のほうへと歩みを進めました。

それは、なかなかたいへんでした。ひとつには、かなり長いあいだ、先生がどこにいらっしゃるかわからなかったからです。いつ先生とはちあわせして、スパイをしていましたと白状しなければならなくなるかとひやひやしました。でも、やましい気持ちはありませんでした。動物たちみんなのために先生を見張る必要があると、トートーが言うから、ぼくは良心をちくりとも痛めずによろこんでそうしたのです。うまいこと用心して、先生を見張る自信はたっぷりありました。どうあっても、先生をひとりで行かせてはならないのです。

あれはなんでしょう？――そう、先生です。蛾の影のむこうから出ていらしたのです。両手にはふたつ包みを持っています。ぼくは、トートーみたいに暗闇ではっきり目が見えたらいいのにと思いました。もう少し近寄ってみましょうか？

実のところ、近寄ろうとする間もなく、トートーがぼくの肩に帰ってきました。つばさを静かにあおぎながら、チョウチョが葉っぱにとまるように、そっとぼくの右耳のそばにまいおりたのです。

「あいつら、帰っていませんよ、トミー。」トートーはささやきました。「帰るつもりなんかないんだと思います。大きな足音をたてて玄関前の階段を下りていったら、ほとんどすぐ、つま先立ってもどってきました。今、前庭の塀の近くをぶらついています。」

「どうしたらいい？」ぼくは、たずねました。

「そうですね、私の見るかぎり、ふたつにひとつです」と、トートー。「ひとつは、あいつらを見張りつづけて、どれぐらいかぎつけているのかさぐることです。もうひとつは、バンポを起こして、やつらをここからほうり出してもらうことです。私としては、ほうり出してしまえと思いますがね。先生がトミーに見張られていることを気づかないうちに、やってしまえるんじゃないでしょうか。先生に気づかれないようにするのが、もちろん重要ですからね。」

「君の言うとおりだと思う」と、ぼく。「ぼくがバンポを起こしにいっているあいだに、君が代わりに先生を見張っていてくれるかな。バンポにさっさと帰れと言われたら、連中だってぐずぐず居残ったりしないさ。」

フクロウが賛成したので、ぼくは急いで、バンポを起こしにかかりました。と言っても、バンポはいつだってなかなか起きてくれないのですが。

ジョリギンキ王国の皇太子殿下は、こんなに深く寝ている人はいないというくらいぐっすりと寝て、いびきをかいていました。まるまる十分間、したたかにこぶしでぶんなぐったら、ようやくバンポはうなり声をひとつあげました。そして、さらに五分、ようしゃなくたたきつづけて、ついにバンポは身を起こしました。

「火事ですか、トミー？」大きなこぶしで、大きな顔をごしごしこすりながら、バンポは眠そうにたずねます。「まだ起きる時間じゃないはずです。まだ暗いですよ。」

「ねえ、バンポ」と、ぼくは、バンポをゆすりました。「しっかりしてよ。とてもまじめで大事なことなんだから。起こして悪かったけど、しかたがなかったんだよ。ふたりの男がお庭に入りこんでいる。先生のことをスパイしている新聞記者みたいなんだ。先生ご自身は、巨大な蛾の研究をなさっているから、そのおじゃまはできない。だから、あのよそ者たちをそっと家から追い出さなきゃならない。わかるでしょ。追っぱらえるのは、君しかいないんだよ。起きて、服を着て——早く。」

第四部

第一章　バンポはお庭からじゃま者を追い出す

バンポがはっきり目をさまして、なにをしてほしいのかすっかりわかると、たちまち助けに立ちあがってくれました。

「なんてずうずうしいやつらでしょう!」バンポは、服を着ながら言いました。「先生のおうちをなんだと思っているのでしょう――夜間も営業している総合案内所でしょうか? その悪党たちを最後に見たのはどこですか、トミー?」

「トートーが、前庭の塀のかげにかくれているのを見たって言ってた。でも、聞いて、バンポ。さわぎを起こさないことがとても大切なんだ。だまってやつらをひっつかまえて、出ていかなければならないことをわからせてやれば、それでいいんだ。がやがやさわがれるのはこまるんだ、わかるでしょ?」

「もちろん、わかります」と、バンポは、急いで上着をひっかけ、ベッドの近くの部屋のすみに立ててあった棍棒《こんぼう》に手をのばしながら言いました。「そして、やつらにも、わからせてやりましょう。ずうずうしいにもほどがある! 前代未聞です。あれほど私たちで見張りをしていたというのにこれですか！　いやはや！　いっしょに来てください。出ていってもらいましょう。」

　暗闇のなかを歩いたり、相手から見つからないようにして相手のようすをうかがったりすることにかけては、バンポはトートーに負けませんでした。ジャングルできたえた才能は、大学教育でにぶりはしなかったのです。バンポは、ぼくよりも先を、明かりもなしに手さぐりで階段を下りて、一階へ出ました。そして、迷わずに玄関へ進み、物音ひとつ立てずにドアをあけて、外へ出ていきました。それから、ぼくに数歩うしろにさがっているよう合図すると、砂利道を通って、塀のところへしのび足でむかいました。

　バンポの指示があったにもかかわらず、ぼくはすぐあとをついて行きました。ここなら、大さわぎでもしないかぎり、先生から聞こえないからだいじょうぶだと思ったのです。暗がりを手さぐりで塀伝いに進んでいたバンポが、ふいに飛びあがったので、えものと出会ったのだなとわかりました。ぼくがこっそりと近寄ってみると、うす暗がりのなかで、バンポがふたりの男の首根っこをつかんでいるのが見えました。

「いいか。」バンポは、ひそひそ声と怒声がまじった奇妙な声で言いました。「大急ぎでこの庭から出ていって、二度と帰ってくるな。あそこが門だ。行け！」

塀の近くのふたつの影のとなりにそびえるバンポの大きな体は、まるで巨人でした。

返事を待つまでもなく、バンポは通りへ下りていく階段のほうへ、ふたりを押しやりました。

門のところまで来たとき、初めて、街灯の明かりで訪問客たちの顔が見えました。すっかりおびえていたのは、むりもありません。垣根のかげからバンポのような大きくてこわそうな男に突然つかまれたら、だれだって腰をぬかします。

もう一度命じられるのを待つまでもなく、ふたりは転げるようにして、すたこらさと階段をかけ下り、けがをしなくてよかったと大よろこびで逃げていきました。

たのもしいバンポは、仕事が終わったので、すぐにまたベッドにもどりたくてたまらないようでした。ぼくがお礼を言うと、バンポはたちまち部屋へ帰っていきました。とてもおそいおやすみなさいを言ったとき、ぼくは、だんだん夜が明けはじめていることに気がつきました。東のほう、ポプラの木のむこうがかすかに白んできています。

こうなると、ドリトル先生は、ほんとに日がのぼる前に急いで出発なさるか、さもなければ、次の日の夜まで計画を延期するかのどちらかでしょう。ぼくはもうぐずぐず考えたりしないで、物音を立てず、見つからないようにして、大急ぎで裏庭のしばふへもどって、どうなったかのぞきました。

先生は、蛾と会話をしてとても興奮していました。ぼくがさっき先生がそうなさっているのを見たときから、この巨大な昆虫との会話が大いに進んだようなのです。今使っていらっしゃる道具は、ただの音叉《おんさ》だけでした。どうやら、この相手と直接話す方法を見つけたのではないかと思われました。最初にちらりと先生を見たとき、先生は蛾の頭に自分の頭を近づけて、左手を触角においていました。ときどき、右手ににぎった音叉に耳をかたむけています。

　蛾の頭がぶるっと動いたり、足がふるえたりする動きから察すると、蛾はしきりと先生になにか伝えようとしているかのようでした。出発を今夜にするのか、それとも朝が近づいているから延期するのかという議論が終わったようです。ただちに出発の決断が下されるといけないので、ぼくは巨大な生物のおしりのほうへ、はって近づいて行きました。

　もちろん、その夜起こったことを説明するとき、ぼくがどんなにたいへんな目にあったかをきちんと伝えるのはとてもむずかしいことです。夜明け前の一時間はふつう一番暗いとされていますが、いずれにせよ、月はかなり低いところにあって、光もかすかになっていました。先生がどれくらい準備万端なのかわかりません。これまで見てきたことと、トートーから聞いたことから、先生がいくつか荷物を裏庭へ運び出したことはわかっています。でも、この状況では、どこまで計画どおりに進行しているのか、ほとんどわかりませんでした。

　とは言え、ぼくは、先生が飛び立とうとなさるなら、蛾のふさふさした毛にとびついてやろうと身がまえつつ、さらにしばらく見守っていました。すると、今晩は計画をあきらめたにちがいないと思われました。というのも、先生のぼんやりとした姿が、蛾から遠ざかっていって、しげみの下にいくつか包みをかくすのが見えたからです。それに先生と、ライラックのしげみの方角にとまっているらしいポリネシアとのあいだで、そそくさとことばが交わされたようにも思われました。

　ご想像がつくでしょうが、ぼくはずっと見張りをしたり、興奮したり、なにやかやで、つかれていました。先生がおうちのほうへ動きだしたのを見たとたん、もう気を張らなくていいんだとわかって、ほっとしました。睡眠不足で目がぼんやりしていましたが、先生がおうちに入ってドアに鍵《かぎ》をかけるのが聞こえるまで待ちました。それから、かけ金がかかっていないことがわかっている窓のところへ行って、窓わくによじのぼり、はってなかへ入りました。

　信頼のおける名探偵トートーがまだそのあたりにいましたから、ぼくが出ていかなければならないような事態が起こったら、きっと教えてくれるはずです。ぼくは、頭がまくらにふれるとたちまち、ぐうっと眠ってしまいました。

　ところが、ぼくはこわい夢を見ました。ぼくと先生はドラゴンの背中に乗って空を飛んで、まだおいしく熟成していないチーズでできた月に着陸してみると、そこには巨大なカブトムシ族やおそろしい奇想天外な昆虫が住んでいて、ぼくたちを飲みこもうとするのです。

　ふたたびぼくは、たのもしいトートーに起こされました。

「今度はなに？」ぼくは、たずねました。「まさか先生、行っちゃったんじゃないよね！」

「ちがいます」と、トートー。「お休みですよ――とうとうね。この数週間働きづめでいらしたから、二週間起きてこなくても、おどろきませんよ。でも、もっとお客さんが来ています。どうしましょう。あのとんでもない新聞記者たちが、町じゅうに言いふらしたにちがいありません。だって、いろんな人たちが、お庭の門からのぞいているんですから。もう十時ごろですが、夜が明けてからというもの、子どもやら、子守り娘やら、いろんな人たちが、まるでこれから気球でもあがるかなにかみたいに、おうちのまわりをうろついているんです。バンポはもちろん、もう死んだように眠っています。むりもありません。起きているのは、ダブダブとチーチーだけです。おりていって、その目で事態をたしかめてください。そのうち町じゅうの人たちにとりかこまれそうないきおいですよ。しかも、なかにはずうずうしい人たちもいるんです！　あんなの見たことないですよ、人のお庭に入りこんで、まるで自分の家であるかのように花をつんだりしているんですから！」

「わかった、トートー」と、ぼく。「起きるよ。君はバンポがこちらへ来るようにがんばってみてくれないかな。バンポを起こすのは一苦労だけど。」

トートーは、なんとかがんばってみると約束して、部屋を出ていきました。ぼくは、まだしっかり休めていなかったけれど――寝てから五時間ぐらいしかたっていませんでした――ベッドからはいだして、服を着がえはじめました。

下へおりてみると、トートーがちっとも大げさに言っていなかったことがわかりました。研究室の窓からのぞくと、表の門の前にたいへんな人だかりがしてるのが見えました。たいていは、なかに入ってこようとはしていませんでしたが、何人かずうずうしい人たちがいて、すでに前庭をうろついて、家の角をのぞきこんで、なにかふしぎな見世物が今にもはじまるかのようにささやきあっていました。

この状況をなんとかしなければと頭を働かせようとしているところへ、ちょうどよくバンポが起きて来てくれました。

「ぼくらがなにかかくしているとさとられないようにね、バンポ」と、ぼくは言いました。「でも、裏庭にはぜったい入れちゃだめだ。あの蛾のじゃまをしたり、こわがらせたりしてはいけないんだ。」

バンポはとてもよくやってくれたと思います。まず門のなかに入ってきた連中をまとめて外へ出しました。なかなか言うことを聞かない連中には、上着のえり首をつかんで、どこからが人の家の敷地で、どこからがおおやけの道なのかを教えてやりました。でも、だいたいは、とても手際よく、ていねいに、お庭から出てもらったのです。

　しかし、人々が言っていることを聞くと、あのどうしようもない新聞記者たちが町じゅうにうわさをまきちらしたことは明らかでした。もちろん、先生の行こうとしている場所はわかっていませんでしたが、どうやら先生が蛾の背中に乗って旅をしようとしていると公表したらしいのです。もちろん、新聞記者たちは先生がお庭に荷物をいくつも用意しているのを見たわけですから、それはむりもないことです。

「いつ出発するの？」人々は、たずねました。「どこに行くの？」「ほんとに大きな蛾に乗って飛ぶの？」「その蛾って見られないのかなあ？」「どこにいるの？」などなど。

　バンポは、オックスフォード大学の学生にふさわしく、たいへん思慮深く、礼儀正しくふるまいました。

「しぃ！」バンポは、言いました。「ジョン・ドリトル先生は、いずれ、新聞各社にご自分で発表をなさいます。それまでは、どうぞ、この家からお立ちのきください。先生はたいへんなお仕事や研究を何時間もなさったあと、お休みになっておられるのです。おじゃまをしてはなりません。」

　大きな太った男が、門のわきの塀をよじのぼりました。バンポは二歩歩いて、その大きな手で男の顔をやさしく、しかしきっぱりと押したので、男は道へどしんと落ちました。

「ご招待もないのに紳士のお庭にふみいるのは、礼儀に反しますよ」と、バンポは言いました。

第二章　騎馬警察

しかし、好奇心旺盛《おうせい》なお客さんをお庭から追い出しても、問題が解決したわけではありません。あとで思ったのですが、追い出すよりも、人々の注意をほかへむけたほうがよかったのかもしれません。

というのも、だれも帰ろうとしないのです。秘密の、なにかすごいことが起こるのだと人々は確信してしまったのです。そして、先生のおうちに入りこむなと言うことはできても、道に集まることをやめさせることはできません。そして、集まるわ、集まるわ、ぼくがおりてきたときは五十人ぐらいでしたが、一時間もわいわいがやがややっているうちに、その数は十倍にもふくらみました。

増えれば増えるほど、増え方もいきおいを増しました。御用聞きの少年や、町に行く荷車屋や、行商人でさえ――いや、通りかかった人すべてが、立ちどまって、なにごとかとたずねました。そこでどんな話が語られたかは神のみぞ知るです。先生の評判は、すでにじゅうぶんすっとんきょうなものでした。先生が蛾に乗って空を飛ぶらしいと耳にすれば、どんな田舎者もちょっと見ていこうと立ちどまるのでした。

ドリトル先生ご自身は、まだ起きていらっしゃいませんでした。ぼくはひどく絶望してしまいました。道路は、もうぎゅうぎゅうです。農場の荷馬車や、乗合馬車や、配達の荷馬車が、すっかり動けなくなってしまって、門の前にむらがった人々の両側にならびました。ちょうどこのときオクスンソープ通りにやってきた人は、興味があろうとなかろうと、動けないので立ちどまるしかなかったのです。

「ねえ、トートー。」ぼくは、言いました。「ぼくら、どうしたらいいと思う？　このままじゃ、そとに助けを求めるしかないよ。こんなの見たことない。」

「ごらんなさい。」トートーは、ぼくのそばの窓から外をのぞきながら言いました。「警察です——騎馬警察です。みんなを追い払ってくれますよ。」

「そうだといいけど」と、ぼく。「ふたり、いや、三人——四人いるね。この人たちを追い払うのは、かなりたいへんだよ。」

さて、たしかに、騎馬警察——馬に乗ったおまわりさん——が来たおかげで、道は通れるようになりました。しかし、それだけでした。人々はいっそう興味をかきたてられて、事態はますます悪化したのです。人々の興奮やさわぎは、さらに熱を帯びてしまいました。たしかに命令にしたがって、みな歩道にあがって、荷馬車や乗合馬車が通れるようにしましたが、帰ったりはしなかったのです。

やがて、巡査がひとり、うちの階段の下へやってきました。馬からおりて、馬を街灯につないで、階段をあがりはじめました。

「なんの用か聞いたほうがいいでしょう、トミー」と、トートーが言いました。「なぜこんなさわぎになっているのか、聞きにきたんだと思いますよ。」

ぼくは玄関へ行って、ドアをあけました。巡査はとても礼儀正しく、どうして人が集まっているのか、なんとかして人々を帰らせる方法はないかとたずねました。

一瞬、ぼくはなにを言えばいいかわかりませんでした。ついにぼくの肩にとまっていたトートーがささやきました。

「先生を起こすしかありませんよ、トミー。私たちにできるのはここまでです。」

ぼくは巡査になかに入るように言って、先生の部屋のある二階へあがりました。先生を起こしたくはありませんでした。先生はぐっすり眠っていらして、どれほど睡眠が必要だったかよくわかりました。ぼくはとてもそっと、肩をゆすりました。

「どうしたね、スタビンズ君？」先生は、目をあけてたずねました。

「先生」と、ぼく。「お起こしして、もうしわけありません。しかたがなかったんです。蛾がここにいることがばれてしまったようなんです。」

「うん、わかっているよ」と、先生。「しかたのないことだ。あのどうしようもない新聞記者たちは——どうにも追い出せないからね。昨夜ふたり、私に会いに庭へ入ってきたよ。」

「どうやら」と、ぼく。「そのふたりは、パドルビーの町じゅうにうわさをまきちらしたようなのです。先生が蛾に乗って月へ飛ぶのを見ようと人だかりができて、道はすっかり通れなくなっています。警察がかけつけましたが、野次馬を家に帰らせる方法はないか知りたがっています。警察はとても親切です。でも、ぼくらにはよい方法が思いつきません。ですので、先生にどうしたらよいか、おうかがいに来たのです。」

　あとでふり返ってみると、このときの先生の対処のしかたには、絶大な効果がありました。

「そうさね」と、先生は、あくびをしながら、ベッドからはい出してきて言いました。「私から人々に話をせねばならんだろう。服を着がえるから、待ちたまえ。それから、なにができるか考えてみよう。」

　ぼくは先生のそばをはなれて、一階のトートーのところへもどりました。

「先生から目をはなしちゃだめですよ。」ぼくが先生とのあいだにどんなやりとりがあったかを説明すると、フクロウは言いました。「いわば、のっぴきならない状態になってしまったんですからね。ですから――そう――いつなんどき、どうなるかわかりませんよ。」

　ぼくにはその意味がよくわかりませんでしたが、ドリトル先生を見張っていなければいけないことだけはわかっていました。どういう意味かとトートーにたずねている場合でもありませんでした。というのも、そのとき先生がすっかり服を着ておりていらして、ぼくらの会話をさえぎったからです。

　先生はほんの少し巡査と話をしてから、お庭へ出て、玄関先の階段の最上段に立って、下の道に集まっている人たちに話しかけました。一般的な博物学のくだけた講義のようなお話からはじめて、最近先生がなさっているさまざまな研究のお話をなさいました。これはたいへんすばらしい効果があって、人々はすっかり上機嫌になり、先生がなにかかくしているのではないかといううたがいは晴れました。やがて、ざんねんながらたった今はとりこんでいて、みなさんをお庭へまねきいれてコレクションをお見せすることはできないし、まだ一般に展示する準備もととのっていませんと説明なさいました。

「みなさんは、お気づきだと思いますが」と、先生は言いました。「道を通れなくしたり、さわぎを起こしたり――いえ、もちろん、わざとやったのではないことはわかっていますが――このようなことをされると、仕事のじゃまになります。もし、静かにおうちにお帰りいただけたら、私も警察もたいへん助かります。そして、おそらく近い将来、またいらしていただけるようでしたら、みなさんがこれほどごらんになりたがっていらっしゃるわが家のなかをご案内できるように準備いたしましょう。」

たいへんおどろいたことに、このかんたんなあいさつで、ねらいどおりの効果があったのです。人々は、どうやら初めて自分たちのふるまいが無礼だったことに気がついたようで、もうしわけなさそうに、すぐに解散して、ちりぢりになったのでした。

「まちがいないですね、トミー。」人々が通りのむこうへ消えていくのをいっしょに見守りながらトートーがため息をつきました。「先生は変な人って言われているかもしれませんが、やっぱり、すごい人ですよ。」

第三章　お使い

こうして、さしあたって、町の人々のことは心配しなくてもよくなりました。でも、野次馬がいなくなってそれほどたたないうちに、またもどってきてくれたらいいのにと思いたくなりました。野次馬がいるとたしかにめいわくですし、どんどん増えてくると、なにをされるかわかりませんが、少なくともトートーとぼくが大いにおそれていることが起こらないようにする歯止めにはなっていたのです。つまり、先生が月の蛾とふたりだけで旅立つことを止めていたのです。あんなに大勢の人がいたのでは、先生が決行するはずはありませんでした。

ところが、お昼ごはんのすぐあと、ドリトル先生はぼくのところへやってきて、オクスンソープの町へのお使いをたのみました。帰ってくるのは夜になりそうなお使いですから、ぼくは、これはまずいと思いました。口ごもったり、もごもごしたりしながら、ぼくはその場で思いつくかぎりの言いわけをあれこれ言いました。つかれているから、代わりにバンポに行ってもらえないでしょうかとも言いましたが、バンポはもう別のお使いに出されているようでした。お使いから逃れようとがんばってみても、だめでした。引きうけるしかありません。でも、ぼくは、先生と別れたとたん、トートーをさがしにいきました。ぼくが説明すると、トートーは言いました。

「行っちゃだめです、トミー。行くわけにはいきません。」

「でもどうすればいい？」と、ぼく。「ぼく、先生の助手なんだよ。お言いつけをことわるわけにはいかないよ。」

「それはそうです。」フクロウは首をかしげ、わけ知り顔で、大きな目でウィンクしながら言いました。「ことわることはありません。――そんなことをしては、まずいです――ただ、行かなければいいのです。かんたんなことです。ちょっと姿をかくしておくんです。」

「でも、なんて言ったらいいの」と、ぼく。「明日《あした》、もし先生がまだここにいらして、お使いのことをおたずねになったら？」

「明日は明日です」と、トートー。「なんとかなります。かりに月へご出発になっていなくても、言いつけにそむいたからといって殺したりはなさいません。なにかてきとうな言いわけを考えればいいんです。とにかく、おうちからはなれてはいけません。あなたをこんなに急にお使いに出すということ自体――もう何年もオクスンソープなんかに急ぎの用事なんかなかったはずなのに――あやしいです。しかもバンポが別のお使いで追い払われているというのは、決行のための人ばらいでしょう。——そう、明日のことは心配しないで。そのころには、私の思ったとおりなら、ドリトル先生は月旅行のとちゅうでしょうから。」

小さなフクロウの言うとおりだろうと、ぼくはついに心を決めました。そこで、ちょっとした口実をつくって裏庭にもどり、先生に「行ってまいります」とあいさつをし、きちんとお言いつけどおりにしますというふうをよそおって、家を出ました。家から八百メートルほど先に、パドルビーからオクスンソープの町へむかう乗合馬車の停留所となっている小さな宿屋があって、そこへ行くふりをして道を歩いていきました。でも、家から見えないところまで来ると、馬車ががたごとと行ってしまうまでそのあたりをぶらついて、それからせまい小道から、先生のおうちの裏へ出て、塀をよじのぼって、なかへ飛びおりました。

先生の敷地のこのあたりは、大部分がこんもりと木のしげっている状態でした。最近、先生はあれやこれやの研究にいそがしくてお庭全体をきちんと手入れしておくことができなかったのです。このあたりには、一、二エーカーほど、のび放題の果樹園や育ちすぎのしげみが広がっていて、さまざまな植物がなんとか生きのびようとからみあっていました。かくれみのにするにはもってこいです。ぼくは、そこを通って、音もたてずに進んで、裏庭のしばふにいる月の蛾のしっぽから数メートルのところまで来ました。

それから数時間待つことになりました。ぼくはじょうずにかくれていました。高い月桂樹の木のかげから、しばふで起こっていることは、なにもかも見ることができました。長いあいだ、なにも起こらないようなので、トートーはまちがえたんじゃないかと思いはじめました。ときどき、家のなかの部屋から部屋へと移動している先生の頭が窓ごしに見えました。ところが、とうとう、六時半ごろ、太陽が地平線の下へすっかりかくれて、空気が冷えて暗くなってくるのがわかると、先生が裏口の戸をあけて、急ぎ足でしばふへ出てきました。チーチー、ポリネシア、ジップもいっしょです。蛾のそばまで来るとちゅう、てきぱきとした調子でジップに話しています。

「すまんが、」と、先生は言っていました。「おまえは連れていけないんだ、ジップ。もうこれ以上たのまないでくれ。説明すると長くなるし、今は数分しかないんだ。研究室のテーブルの上においた手紙をたのむよ。一通はスタビンズ君、一通はバンポ君、もう一通はマシューあてだ。スタビンズ君がもどってきたら、手紙のありかを教えてくれ。さよならも言わずに、こんなにあたふたといなくなってしまって私がもうしわけながっていたとみなに伝えるようたのんでくれ。だが、今のうちに出発してしまわないと、あの町の人たちや新聞記者たちがもどってきて、出発できなくなってしまう。スタビンズ君は動物園のめんどうを見てくれるだろうし、バンポ君とマシューがそれ以外のことをやってくれるだろう。ライラックのしげみの下にある荷物を出しておくれ、チーチー。それから、ジップ、おまえは行って、われわれがこっそり出発するあいだに、ガブガブの相手をしてくれたまえ。台所の庭へ大根をほりにやらせたから。」

「そうだよ、ジップ」と、ポリネシアが口をはさみました。「たのむから、あのなさけないブタの気をそらしておいておくれ。先生が月へ行くところだなんて知っちまったら、わめきちらして、五分で町じゅうの人たちを呼んじまうだろうからね。花はどうします、先生？」

「用意してある。」先生がささやくのが聞こえました。「イボタノキの垣根のむこうにかくしてある。まず荷物を上へあげて、それから、花にかかろう。あのはしごはどこへやったかな？　チーチーが早く荷物を持ってきてくれないかな。よく見張っておいてくれたまえ、ポリネシア。そして、なにか聞きつけたら、教えておくれ。」

先生は、この危険な冒険に出かけることよりも、出発にじゃまが入るかもしれないことにすっかり気をとられているようでした。ぼくの心臓は早鐘を打つように鳴っていました。だって、トートーの言ったとおり、先生はすぐにも出発してしまうかもしれないとわかったからです。目ざといポリネシアに気づかれないように、ぼくはもう三十センチ、そして六十センチと、はって、蛾のしっぽに近づいていき、そのふさふさした毛に飛びつくまでどれくらい距離があるか目で測っていました。いったんつかまりさえすれば、あとは、よいしょと背中に手をかけて上へあがり、背中の広いところへと出られるでしょう。背中は折りたたんだ羽でおおわれていましたが、飛び立ったとたんに、ぼくがつかまりさえすれば、あとで背中へよじのぼれることはわかっていました。

　はしごを見つけると、先生は、それを巨大昆虫の右側に立てかけて、数段あがりました。そこで、チーチーが腕いっぱいに荷物をかかえてライラックのしげみのところから出てくるのを待ちました。先生は、その荷物を受けとると、蛾の肩のあたりにしまいこみました——どうやってしばりつけたのかは見えませんでした。

　それが終わると、先生はおりてきて、チーチーに助けてもらいながら、大きな月の花を運んできて、これもまた積みこみました。しかし、ひとつの花は蛾の頭の前においてやりました。それを蛾は両前足で近くに寄せて、つかみました。

　とうとう先生はまたおりてきて、最終確認のために見まわしました。

「忘れ物はないかな、ポリネシア？」先生はささやきました。

「地下室のロウソクに火がついたままです」と、オウム。

「かまわん」と、先生。「スタビンズ君かバンポ君が見つけてくれるだろう。よろしい！　準備万端なら、出発だ。上にあがるから、ついてきてくれ、チーチー。のぼったらはしごを上からたおすんだ。」

第四章　密航者

　ドリトル先生は、しんみりと別れをおしんだりして時間をむだにしませんでした。いつもの地球での航海もそうでした。月へ出かけるときだって、やはり大げさなそぶりをしたりなさらないのです。チーチーがあとについて蛾の上に乗りこむと、はしごを片手で押したので、はしごはゆっくり植えこみのなかへたおれました。それは、いわば、先生と地球を結びつけていた最後のきずなを断ち切るに等しい行為でしたが、先生はまるで上着からパンくずでも払うかのように、たおしたのでした。

　蛾の羽が上に広がっていったので、ついに時が来たとわかりました。巨大昆虫の前には、しばふが長く、百メートルほど広がっていましたから、南のはしに生えているヤナギの木にぶつからずに飛べるでしょう。ぼくはひどくそわそわしました。この虫がどんな飛び方をするのか知らなかったのです。真上にあがるのか、ななめにあがるのか、ゆっくりあがるのか、急いであがるのか。でも、ぼくは、あんまり早く蛾に飛びついちゃだめだと思いました。だって、先生かポリネシアに見つかったら、ぜったい連れていってもらえませんから。見つかるのは、月への旅がある程度進んでからにしなければいけません。

　ぼくは最終的に、飛びつくのは、おそすぎるよりは早すぎるほうがいいと決心をかためました。かりに見つかって、おいていかれそうになっても、先生に連れていってくださいとお願いする機会はまだありますし、もう一度密航を試みることもできます。でも、飛びつくのがおくれたら、もうどうしようもないのです。

　うまいことに、ぼくが飛びついたまさにその瞬間、チーチーとポリネシアがおしゃべりをしはじめたので、ぼくが月桂樹から出てくるときの物音をかき消してくれました。蛾のふかふかの毛を両手でぎゅっとつかんだとき、蛾が先生に伝えてしまうのではないかと、ひどくこわい思いがしました。ぼくの見るかぎり、先生は、今や道具や機械などまったく使わなくてもかなり完璧《かんぺき》に蛾と話ができるようになっていたからです。

　しかし、よけいな心配でした。どうやら蛾は、毛のなかにぼくが入りこんだのを、荷物か包みがさらに積みこまれただけのことと思ったのでしょう。毛はとてもふさふさなので、さらに身をよせると、ぼくはすっかりうもれてしまいました。これは好都合でした。まだ少しうす明かりが残っていたので、先生かポリネシアが飛行船の船尾——つまり、蛾のしっぽ——のほうへ来て最終チェックをするかもしれません。でも、毛にかくれていれば、見つかる心配がなかったからです。

こうして、もう今にも自分の足が大地からはなれるだろうと期待しながら、ぼくはしがみついていました。

あとから考えれば、蛾の毛をつかんでから、蛾が飛び立つまでの時間は五秒もなかったのではないかと思います。でも、一時間ぐらいに感じられました。

この巨大な羽が初めて羽ばたいたとき、暗くなっていく空に木々や家の屋根のシルエットが浮かびあがりました。その風たるやすさまじく、ぼくは半分毛にうまっていたにもかかわらず、帽子が頭から吹き飛ばされ、うしろの月桂樹のしげみに落ちてしまいました。それからあと、なにが起こったのか、しばらくのあいだ頭がすっかり混乱していました。上へ上へとあがっていく感覚、とても危険な姿勢でつかまっていなければならないこと、蛾がスピードを増すにつれ風がさっと吹きつけるなど、こんなことは初めてのぼくのような人間にとっては、どれもこれもものすごい体験で、ひかえめに言っても、おろおろしてしまったのです。

ヤナギの木よりも三十メートル以上も高いところまで飛んで、しかもどんどん上へあがっているとわかったとき、昆虫の毛がぼくの体重をささえきれるほどがんじょうでありますようにとぼんやり祈ったことをおぼえています！　もっと平らで安全な蛾の背中へすぐのぼっていきたい——先生やチーチーという、心が休まる仲間たちといっしょになりたいという気持ちをがまんするには、勇気をふりしぼらなければなりませんでした。そのときふと、ぼくらはほんとに地球をあとにしてきたのだということに気がつきました。パドルビーの明かりは、はるかかなた下のほうに——ああ、あんなに遠く——またたいているのです。ひとりで蛾のしっぽにつかまりながら、とてもさみしく思いました。

どんどん上へ、上へ！　下を見るとめまいがしました。そこで、下を見ないほうがいいと心に決めました。たいへんな状態になっているのですから、とにかくできるかぎりのことをしなければなりません。

ぼくはぎゅっと目をとじて、しがみつきました。どれぐらいそうしていたか、わかりません——おそらく一時間ほどでしょうか。それから、寒くなってきました。蛾の毛をぎゅっとにぎっていたために手が動かなくなってきています。混乱した頭のどこかが働いて、もう蛾の背中へはいあがって、横になって休むころあいだと決めました。上をちらりと見やると、大きな羽が蛾の胴体よりも遠いところまでのびて、羽ばたいていました。ぼくがのぼっていっても、飛行のじゃまにはなりません。

ぼくは靴をけってぬいで、何百メートルも下の、ぼくらがあとにしてきた地球へ落としました。それから、蛾の毛むくじゃらの体に両手両足でしがみつきながら、よじのぼりはじめました。すぐに上へあがって横にならなければ、精も根もつき果ててしまいます。

　このとんでもないよじのぼりの最中に、大地がどんどん遠ざかっていくのが見えなかったのはもっけの幸いでした。あとで、地球が見えたとき、かすかにぼうっと光る小さな球でしかなかったので、あのときそれが見えていたら、もっともっとこわがっていただろうと思うのです。

　先生もチーチーも見あたりませんでした。もうしがみついていなくてもいいんだと感じた最初の数分間、蛾の背中の平たいところで背伸びをして休んで、すっかりほっとしました。ほんとに、休息が必要だったのです。腕も手も、ずっと蛾の毛をつかんでいたためにかたくなって、筋肉の感覚がなくなってしびれていました。

　ぼくはまだ、先生にどう言いわけしたらいいんだろうと不安な気持ちでした。つまるところ、先生のお言いつけにわざとそむいたのですから。やがて、立ちあがってあたりを見まわすと、先生がいらっしゃいました。まずシルクハットの形が見えました。こんな状況で人間の目が見るものとしては最もばかげたものでしょう。しかし、これほどほっとして、ありがたいものは見たことがありませんでした。シルクハットは頭にしっかりとかぶられており、となりにはチーチーの頭が、おサルさんらしく少しとんがって、月明かりに青緑に光る空を背景にシルエットになっていました。

　そう、正直、ぼくはこわかったのです。だって、ぼくはこれまで一度も先生にそむいたことなんてありませんでしたから。たしかに、先生はきびしい人ではありません。だれにとってもそうですが、ぼくにとって、先生はいつものんきで、甘えてもいい人でした。

　しかし、今度はまったく話がちがいます。今まで、あらゆることにおいて、先生が命令すれば、ぼくがしたがうのは当然だったのです。ところが初めてぼくは、こんなに深刻で重要なときに自分勝手な行動をとったのです。先生は、そうと知ったら、どうなさるでしょう？

　とてもゆっくりと、ぼくは蛾のふかふかの毛のなかを、さらに前へと進みました。それから、そっと、先生の肩にふれました。そのとき先生は望遠鏡で東のほうをごらんになっていました。先生は、まるでゆうれいの手につかまれたかのように、はげしくビクッとなさいました。

「なんだ？――だれだ？」先生は、ふり返って、背後の暗闇に目をこらしながらたずねました。

第五章　先生の歓迎

「ぼくです、先生。スタビンズです。」ぼくは言いました。「おひとりで行かせるわけにはいかなかったんです。最後の瞬間に飛び乗りました。」

「スタビンズ君！」と、先生は、望遠鏡をおろしながら言いました。「スタビンズ君じゃないか！　しかし、君はオクスンソープにいるはずなのに。」

「ぼく、行かなかったんです、先生。」ぼくは、もうしわけなさそうに言いました。「ぼく……あのう、ぼくもいっしょに行きたかったし、先生をひとりきりで行かせてはいけないって思ったんです。」

しばらくのあいだ、沈黙がありました。ただ、蛾の羽の音だけしか聞こえませんでした。これからどうなるのか、先生はなにをおっしゃるのか、どうなさるのか、とぼくは考えました。蛾にひき返すように言って、ぼくを地球におろすのでしょうか。チーチーの頭がふり返りました。おびえた顔がひきつったようにニヤリとするのが、ぼんやりとした月光で見えました。この危険な旅に仲間が増えたのをうれしく思ってくれているのです。

「ううむ。」とうとう先生は言いました。その声には、今までぼくに対して使ったことのない冷たくてきびしいひびきがあったので、ぼくはしょげかえりました。「なぜ今になって、私の安全などを君がわざわざ心配しはじめるのか、まったくわけがわからんね、スタビンズ君、しかも……言いつけにそむいたりして。」

「ごめんなさい」と、ぼく。「でも……」

ぼくは、だまりました。結局のところ、もはやなにも言うことはないのです。ぼくは、これで先生との関係も終わってしまうのだろうかと暗い気持ちになって、一、二分のあいだすわっていました。たしかにぼくがやったことは、ものすごくあざといことです。正直言って、トートーの支えがなければ、こんなことはやらなかったと思います。

ところが、ぼくがそんなふうに思いなやんでいると、うれしいじゃまが入りました。突然、暗闇のなかで、先生の強く大きな手が、やさしく、なぐさめるようにぼくの腕をつかんだのです。

「それにしても、スタビンズ君」という先生の声が聞こえました――暗闇で、目は見えませんでしたが、いつもの先生らしいほほ笑みがそのことばを言っているときに浮かんでいるようすが想像できました――「君がここにいてくれてどんなにうれしいか知れやしないよ。君がさっき私にさわったとき、君がここにいてくれたらどんなにいいだろうと思っていたところだったんだ。天に幸運を祈ろう、スタビンズ君！　ご両親に、君の出発のことは伝えてきたかね？」

「いいえ」と、ぼく。「できませんでした。時間がなかったんです。それに、パドルビーのおうちを出たりしたら、そのすきに先生はぼくをおいてお発《た》ちになるんじゃないかと心配でしたし。」

「まあ、よい」と、ドリトル先生。「よけいな心配はやめよう。これから心配事は山ほどあるからね。」

「いつものことでしょう、先生」と、ぼく。「先生がごいっしょなら、こわくありません。」

　先生は笑いました。

「そこまで信用されるとは名誉なことだ」と、先生。「私にそれだけの価値があればいいがな。ごらん、あの下のほうに大きな光の広がりがあるだろう？」

「ええ。」

「うむ、あれがロンドンだ」と、先生。「あそこから東のほうへ走っている白いすじが、テムズ河だ。北西のほうのあの光のまとまりがオックスフォードだと思うね。ほら、ロンドンからずっと河に月明かりが反射しているのが見えるだろう。あの大きな白いところが海だ。イギリス海峡だ。」

たしかにこの高さでは、イギリスの地図のとおりにほぼ完璧《かんぺき》に見えていました。雲もなく、風もない夜でした。蛾の飛び方は、しっかりしていて、すうっとなめらかで、大きな羽を静かにヒューンと羽ばたかせて、上へ上へとあがり、パドルビーから毎分何キロはなれていくのか見当もつきませんでした。

さっきまでこの初めての冒険を死ぬほどこわがっていたぼくは、いつものように先生といっしょにいられてほっとしたこともあって、自分がこの冒険を楽しい興味を持って静かに受け入れていることにふと気づきました。いつの間にか、まるで馬車の窓から外をのぞいているかのように、あとにしてきた世界を見おろして「あれはどこそこだ」などと地理を見定めていたのです。

先生自身、この新しい経験を子どものようによろこんでいらっしゃいました。ぼくらの大きな飛行機のような蛾がどんどんとぼくらを高く持ちあげて、もっともっと世界の姿が見えてくるにつれ、先生はあれこれを指さしながら、ぼくに説明してくださいました。

ところが、やがて先生は、あえいで咳《せき》をしました。

「空気がうすくなっているんだ、スタビンズ君」と、先生。「《死の空間》に近づいてきたんだ。もう高度六千メートルまで来たにちがいない。例の花を取り出して、身につけることにしよう。ひとりにひとつずつ——うまいぐあいに、五つある。さあ、ほら、ポリネシア！　それから、チーチー！　花だ！　使い方は教えたね。鼻を花のなかへつっこむんだ。さあ、スタビンズ君。ひもをはずそう。」

　先生の呼びかけに応じて歩きだしてみて、自分でもいかに空気がうすいかわかりました。ほんの少しでもなにかしようとすると、息がぜいぜい切れるのです。

　蛾の体のまんなかあたり、胴体のまわりにしめた長いベルトにひもで花がしばりつけてありました。ぼくは先生やチーチーを手伝って、花をしばっていたひもをはずしました。風が吹きつけるので、むずかしかったですが、うす暗い月明かりのなか、先生が、仕事ができるようにスピードをゆるめてくれと蛾にたのんでいるのに気がつきました。ぼくが理解できたかぎりでは、先生は虫の触角を使って会話をしているようでした。二本の長いひげのような触角は、飛行中は背中にそってぺたんとしていたので、すぐ手の届くところにありました。

　先生がそんなふうに乗り物をコントロールしているのを見ると、かなり安心できました。こうしてほしいということを虫に伝えるのに一秒とかからなかったのです。すると、ぼくらは空中で止まりました。大きな羽はまだ大きくはばたいています。しかし、ぼくらの耳もとを吹きぬける風がやんだので、蛾がいわば足ぶみをするかのように、空中でとどまっていることがわかったのです。

「よーし、スタビンズ君」と、先生は、大きな花のひとつをぼくに手渡しながら言いました。「これが君のだ。チーチー、おまえはこれを取りなさい。そして、これは蛾の肩のところにいるポリネシアに持っていってやろう。さて、いいかね、みんな、この花を手もとに持っているかいないかで生死が決まるのだからね。少しでも息苦しくなったら、花のにおいを深く吸い込むんだ。あとで、空気がまったくないレベルまで来たら、頭をすっかり花のなかへつっこまなければならなくなるだろう。みんな、用意はいいかね？　先へ進むように命令を出すから、花を飛ばされないように毛のなかへ押しこんでおいてくれたまえ。」

ドリトル船長は、乗組員たちが旅をつづける準備をあっという間にすませるのを見て満足しました。そして触角の通信線に手をのばして、全速力で進めと命令を発しました。

ただちに、ぼくらの上の羽は二倍の速さで動き、押し寄せる風のヒューンという音がふたたびはじまりました。

ぼくは月の花を吹き飛ばされたくなくて、そのそばをはなれられなかったので、もはや下をのぞきこむ余裕はなくなってしまいました。そこでぼくは、消えていく世界地図を見るのはあきらめて、ずっと上の、ぼくらの行く先にある月を見つめることにしました。

第六章　《死の空間》を通っていく

これまでぼくは、この晩の旅行の細かなところまで理解しておぼえておこうと一生懸命がんばってきました。というのも、あとで、もし生きのびることができたら、このことを書きとめておきたいと思ったからです。結局のところ、これはドリトル先生のおどろくべき、波乱万丈の生涯のなかでも、特に大きなできごとなのです。それに、実際的な先生が、世の中にとって科学的な価値のないことなど、わざわざおぼえておこうとなさらないのはわかっていました。それでも、自分で経験して、それを書きとめることができるのは、先生とぼくしかいないのです——といっても、実のところ、チーチーとポリネシアのほうがぼくらよりも、ずっと記憶力はいいのですが。

でも、それは、ぼくにとって、たやすいことではありませんでした。月の蛾は、先生が二度めに進めの命令を出すと、猛スピードを出したのです。そのはばたく音や耳をよぎる風の音は、ほんとにすさまじいものでした。体のすべての感覚が働かなくなって、見聞きすることすらほとんどできないのです。やがて、空気があまりにもうすくなったので、頭をずっと花のなかにうずめていなければなりませんでした。こうして、先生と話をすることさえできなくなりました。

そして、さらにまずいことが起きました。空気がまったくないレベルに、ついに到達したのです。それからどうなったかは、もう頭がぼんやりしてわかりませんでしたが、先生の頭もきっとそうだったことでしょう。しかも、地球の空気がなくなって、月の大気がはじまるあいだの《死の空間》を横切るなどという一見不可能なことをどうやってやってのけたのか、あとで蛾にどんなに質問してもさっぱりわからないのです。とうとう、ぼくは、巨大昆虫自身も、どうやったのかわかっていないのだと結論づけました。しかし、もちろん、蛾に科学的知識がないのと、ドリトル先生が虫のことばをあまりきちんと習得していなかった（とはいえ、あの状況下では、すばらしいものでしたが）のとで、一見不可能なことをどのようにして成し遂げたのか、もはや知ることができなくなってしまっただけなのかもしれません。

この奇妙な宇宙船の乗客であるぼくらが、そのとき起こっていたことをほとんど見てもいなければ、わかってもいないというのは、ふしぎなことでもなんでもないのです。先生が《死の空間》とおっしゃったところへどんどん入れば入るほど、蛾の速度はゆるんで、ついにほとんど進まなくなってしまいました。蛾は動いているのです。実際、大きな羽はもっと強く、もっと速く動いていました。しかし、問題は、羽が打ちすえるべき空気がないということです。やがて、蛾がその姿勢を保つためにたよりにしていた地球の重力自体が弱まってきたようでした。

その結果、宇宙船はすっかりバランス感覚をなくしてしまったようで、乗客であるぼくらは、みな絶望的な船酔いにかかりました。何時間ものあいだ、ぼくがわかるかぎりで言えば、巨大蛾はぐるぐる回転して、自分でもなんらかの体勢を取ることができなくなって、上へも下へも、前にもうしろにも行くことができなくなったのです。

ぼくらとしては、たったひとつのことだけが気になっていました。すなわち、呼吸しつづけるための十分な酸素があるかということです。今となっては、ほんの少しでも花から鼻をはずすわけにはいかなくなっていました。いずれにしても、見るものなどほとんどないのです。月はずいぶん大きくなってきていました。そして地球は、小さな丸い小石となって、宇宙のはるかかなたにありました。

ひとつおもしろいことは、もうしがみつこうとしてそんなに努力しなくてもいいということでした。頭とかかとのどちらが地球へむいているのかなど、どうでもよくなっていました。地球の重力があまりにもかすかなので、蛾を押しのけたりしなければ、蛾の毛にいつまでもしがみついていることだってできそうでした。そして、たとえ蛾を押したとしても、数メートルはなれるだけで、宇宙空間にふわふわ浮いて、とどまっていられたことでしょう。

しかし、そのような実験を試したりはしませんでした。ただ、花のにおいを吸いこんで、なんとかならないかと思いながら、じっとすわっていたのです。あれほど気分が悪くなって、もうだめだと思ったことはありません。そのときの気分はまったく言いあらわしようがないのです。まるで重力自体はなくなったはずなのに、いくぶんまだ残っているらしく、毎回ぐるりとまわるたびにみぞおちのあたりに変な感じがするのです。とうとう、ぼくは目をつぶりました。鼻から水道みたいに鼻血がどくどく流れて、ひどい耳鳴りがしました。

どれぐらい長いあいだ宇宙でのたうちまわっていたのかわかりません。海が荒れているときに感じるように、世界の終わりが来たみたいな気分になり、もうどうでもいいから、早く終わってほしいと感じていました。なんにも興味がわかず、ただ死にたいと思っていました。それも、早ければ早いほどいい、と。

ぼくらの宇宙船は、永遠に救いもなく、あてどなく、ただ転がされ、つきあげられつづけたあげく、とうとういくぶん落ち着いてきたので、ぼくは目をあけました。月の花の奥から少しだけ顔を出して、外の世界をのぞいてみました。空気がないために長くは見ていられませんでした。まるでだれかに口と鼻を押さえられたかのような感じです——広いところにいるのに、かなりふしぎな感覚です。でも、また花のなかへ顔をつっこむ前に、さっとまわりを見まわして、とてもほっとしました。今や地球と月の位置関係が逆転していました。ぼくたちがあとにした地球が頭上にあり、ぼくたちがやってきた月が足の下にありました。

もちろん、これは、ぼくらの蛾がむきを変えて、ただ地球からはなれるのではなく、月へむかっているということを意味していました。しかし、それよりもっと重要なのは、どうやら飛行が落ち着いてきたということです。まだまわりの大気はうすいのですが、もはやあてどなくぐるぐるまわったり、コントロールを失ったりなどせず、着実に前へ進んでいるのです。月の花のなかへ顔をもどしながら、ぼくは、この旅の最悪のところはおそらく終わって、もうすぐ人間の歴史で初めて、月の世界の大気にふれて、それを呼吸することができるようになるのだろうと思って、うれしくなりました。

ぼくらの宇宙船がふたたびコントロールをとりもどし、まっすぐに前進するようになって、ぼくは体の調子もずっとよくなっていることに気がつきました。目もあけられますし、世界の終わりが近いなんてことを感じずにものを考えられます。先生とチーチーはどうなっただろうと思いました。でも、まだ、もちろん話はできません。

少しずつ、月の重力がきいてきました。地球の重力と同じぐらいになることはありませんでしたが、重力を感じるというのはなんてほっとすることか、みなさんには想像もつかないでしょう。どこにもつながっておらず、上も下も、横もなく、あまりにも急に立ちあがると二度とすわれなくなってしまうといった、《死の空間》で経験してきたことは、うたがいもなく、これまでの経験のなかで最もひどいものでした。

この冒険で、時間の感覚というものも、方向感覚やいろいろな感覚といっしょに、すっかりおかしくなってしまいました。あとで会話がふつうにできるようになったとき、どれぐらい旅をしてきたと思うかと先生にたずねると、先生は、《死の空間》を通っているときに時計が止まったとおっしゃいました。重力がなくなったということが原因だと思われます。そしてその後、月の影響下に入って、かすかではあれ、しっかりと月の表面に引っぱられると、先生の時計はまた動きだしました。でも、どれぐらい長いあいだ時計が止まっていたのかは、先生にもわかりません。

先生がおっしゃるには、たぶんこの旅行でどれぐらいの時間がたったかを教えてくれるのは、腹時計だけだろうということです。たしかに、《死の空間》をすぎたとたんに、ひどくおなかがすいてきました。しかし、長い時間、船酔いのようになっていたのですから、これはおどろくべきことではありません。ですから、旅の長さを定めるには、あまり役に立ちませんでした。

先生はまた、あとになって、光について長い計算をなさいました。いつ地球が太陽の光でかがやいていたか。いつ暗くなったか。いつ月が太陽の光を照らすのをやめて、地球の光を照らしはじめたか、などなどです。先生は計算しながら、何ページものノートをおとりになりました。しかし、あのおぞましい《死の空間》を通っているあいだ、ぼくらはあまりに気分が悪くなり頭が働かなくなったので、なんの観察もできなかったという事実は変わりません。ぼくらのだれも知らないあいだに、月はしずんだかもしれず、太陽がのぼったかもしれず、地球は十二回ものぼってしずんだかもしれません。ぼくらがたしかに言えるのは、地球の重力を脱したところで先生の時計が止まってしまい、月の重力圏に入ったらまた動きだしたということだけです。

　しかも、月の重力は弱いので、地球の重力の影響をぬけてからは、先生の時計はまったく新しい速さで時を刻んでいるかもしれません。ですから、要するに、ぼくらの旅についての計算は、あまり正確な科学的価値を持たないのです。船酔いというのは、いやなものです。

　初めて月の花の外をちらりと見てから、ぼくは、できごとのより正確な記録をつけはじめました。月の空気が濃くなるにつれ、いつもの自分にもどっていきました。でも、地球の空気とはちがいました。それはまちがいありません。なんと言ったらいいのでしょう、ずっと「うきうきしてくる」のです。これはきっと、地球の空気よりたくさん酸素が含まれているためと思われます。

　やがて、もっと大胆になって、何度も外をのぞき見していて気がついたのですが、先生もチーチーも元気になって、あちこち見ていました。ポリネシアだけは、あとでわかったのですが、《死の空間》でもあまりひどく苦しまなかったようです。空中でぐるぐる転がされることなどは、空飛ぶ生物にとってはみなそうですが、子どもの遊びのようなものなのです。もしポリネシアが科学的な教育を受けていたら、旅行にどれぐらいの時間がかかったかぼくらに教えてくれたかもしれません。しかし、ポリネシアは、人間の科学をどういうわけかいつもばかにしていて、鳥だったら生まれたとたんに常識でわかっていることを人間は不必要な手間をかけて計算したりする、などと言うのです。

しばらくして、先生とぼくは合図を交わしはじめました。足もとがまだおぼつかなかったので、自分の場所からはなれようとはしませんでしたが、ちょうど船の甲板のデッキチェアにすわった船酔いの旅行客のように、おたがいにはげますようにほほ笑んで、ようやくひどい天候もおさまったね、と身ぶりや合図で伝えあったのでした。

第七章　月のふたつの面

そうした声を出さない会話を先生とぼくとでしているとき、先生が今ぼくらのまわりにある月の空気の特質についてなにかおっしゃっているという気がしました。空気がどんどん変わってきていることはまちがいありませんでした。ぼくの花の外にも呼吸できる空気があるのだとわかって、ぼくは、「もうだいじょうぶだ。冒険してみよう」という気持ちになっていました。そこで、花からすっかりはなれて、歩いたり、はったりしながら、先生がしゃがんでいるところまで行ってみました。しかし、先生になにか言おうとしたとたん、はげしい咳《せき》が出て、大あわてでもとの場所へもどりました。

「それでも」と、ぼくは自分の花に顔をつっこみながら、自分に言いました。「先生のところまで行けたのは、すごいぞ。ついさっきまでは、もうだれにも会えず、だれのところへも行けないと思っていたのだもの。」

やがて先生もぼくのところへ、ちょっとやってきてくれました。先生もすぐにもとの場所へ帰らなければなりませんでしたが、連絡をとりあえるようになったと思うとほっとしました。それまでは月の空気のなかでたがいの声が聞こえるかわからなかったのです。先生はパドルビーで、月旅行を初めて考えていたとき、その危険のことをよく話題に出していました。

「エーテルというのが」と、先生は言っていました。「この地球で音を運んでくれるものなのだ。月にもエーテルがあるかどうかは、まったくわからん。もしないなら、ふつうの会話はできなくなる。」

その場合にそなえて、先生は、チーチーとのあいだで手話のようなものを完成させていました。ぼくは、トートーからその話を聞いていたので、ふたりが練習しているのをこっそり見て、少しおぼえました。

ですから、月でも声が伝わるエーテルがあると知ったときのうれしさといったらありません。しかも、地球よりも音が伝わりやすいのです。それはすぐにわかりました。月に近づくにつれ、その新しい大気がよりはっきりとしてきて、ぼくらはもっともっと小さな声で話さなければならないことに気がつきました。これはとても奇妙なことです。月に着いてみると、おたがいのこまくをやぶりたくなければ、かすかなささやき声で話さなければなりませんでした。それでもずっと遠くまで聞こえるのです。

もうひとつ奇妙だったのは光です。先生とぼくは、あとになってから、地球の光を浴びながら月に着陸したのか、太陽の光を浴びながら着陸したのか、かなり長い議論をしました。そんなことは一見、問うまでもないように思えることでしょう。月では地球の光など、地球で感じる月光ほど強くないし、太陽の光はその百倍も明るいのだとふつう思うことでしょう。ところが、そうではないのです。月の大気は、太陽の光を弱めてしまい、月から見ると、地球が投げかける光程度の弱さになってしまうのです。そのために、色がおかしな影響を受けることになったのはまちがいありません。

やがて、月の重力が強まってくると、先生とぼくは、寝ていた姿勢から立ちあがれるようになりました。ぼくらは、ときどき必要だと感じたらにおいをかげるように、まだ花をかかえていました。けれども、もう小さな声で話はできるし、一種の観察もできます。ドリトル先生が触角の通信線を使って、少しスピードを落としてくれと蛾にたのんだのは、ぼくたちがこうして「生き返って」まもなくのことでした。この月の空気にゆっくりとなじんだほうがよかろうとお考えになったのです。たしかにこの空気は、人間の体を、とても元気にし、興奮させる効果がありました。

もうひとつ、先生とぼくとで、あとで大いに議論したのは、月のどちら側に着陸したのかということです。地球の人間は、だれもが知っているとおり、月の一方の面しか見たことがありません。その面の地図が作られ、とてもくわしい調査もおこなわれています。ところが、ぼくらは最新の月面地図を持ってきたにもかかわらず、どちら側に着陸したか、すぐにはわかりませんでした。近づいてみると、月の山々は、地球から望遠鏡で見ていたものとはちがって見えるのです。ぼくは、蛾がわざとぐるりと反対側までまわって着陸したのだといつも主張しましたし、今もそう考えているのですが、先生はそんなことはないとおっしゃいます。

　宇宙旅行の最後の瞬間をどう表現したらいいでしょう。新世界を初めて目にしたコロンブスみたいな気分がしたと言いたいところですが、ぜんぜんちがいます。死ぬほどこわかったんです。かわいそうなチーチーも、そうだったそうです。先生とポリネシアがどうだったかはわかりません。あの筋金入りのオウムの冒険家が、生まれてこのかた、ほんとうにこわがったりしたことがあるとは思えません。ポリネシアを見ていると、運命にふりまわされることなく、いつも思いどおりに生きているように見えます。しかし、それというのも、ひとつには、「あたしゃ、あたしの道を行く」という超然としたポリネシアの態度のせいかもしれません。

　先生はどうでしょう。やっぱり先生もおびえたりなさらないように思います。これまで何度か死ぬほどこわいめにあったことがあるとお話しになっていましたが、今回はこわいなどとお思いにならないのでしょう。科学的発見があるかもしれないと思うと、ほかの感情は一切消えてしまうでしょうから。

先生がわくわくなさっていたのはたしかです。少々のことにはたじろがない、海千山千のポリネシアでさえ、巨大蛾のブーンと音をたてていた羽が突然力強く羽ばたくのをやめて、まっすぐに平たくのびて、これまで地球のどんな生物も足をふみいれたことのないこの新世界の表面にむかってぼくらが下降していくとき、ものすごくわくわくしたと、あとで認めていました。

第八章　木

光の問題について、もう一度お話ししておかなければなりません。前にも申しあげたとおり、月では、光はどんなときもあまり強くなりません。そしてそのせいで、色はとてもふしぎなやわらかい感じがするのです。月におりていくにつれ、地球では見たこともないようなさまざまな色合いがあるとわかってきました。どんな色合いか説明したいところですが、人間の目は地球の色にしかなれていませんから、たとえようがなく、言いあらわしようがありません。せいぜい、ぼくらがゆっくりとおりていったところの景色が、パステルカラーで描かれた夕方の風景のようだと言えるくらいです。しかも、ものすごくたくさんの新しいソフトな色調が近づけば近づくほど、よりはっきりと見えてくるのです。

先生とぼくが月のどちら側に着陸したのかという議論では、ふたりともまあ正しかったのだと思います。言いかえれば、ぼくらは月の表と裏のちょうどさかいのところに到着したのです。おりていきながらうしろをふり返ると、地球も太陽も見えました。

地球は空の上で青白くぼんやりとしていました。ちょうど日中にときどき月が見える、あの感じです。そして太陽のほうが明るいのですが、地球から見える太陽のようにぎらぎらしてはいませんでした。

　ぼくらはまだ月の表面からずいぶん高いところにいました。しかし、すでに、月の丸さがぼくらの視界から消えて、細かなところがますますはっきりとしてきました。先生は、新しい空気にゆっくりとなれていけるように、蛾にできるだけゆっくりとおりてほしいと再度お願いしてから、望遠鏡を取り出して、こちらのクレーター、あちらの山、もうひとつの高台などを次々にいそがしく指さしていました。そうしたものは天文学者が作った月の地図からすでにわかっている特徴です。

　ある程度高いところから見れば、朝と夜のさかいの線ははっきりと見えました。ぼくらがいる側の月の表面は、地球の青白い光にぼんやりと照らされているだけのことですが、反対側は、太陽光線で明るく照らされていました。

　もちろん、機械的な手段で月に着陸しようとしたら、そのとちゅうで正気も命もあっという間に失ってしまったことでしょう。しかし、こちらの要望に応《こた》えてくれる生きている宇宙船に乗っていると、とても便利なのです。たとえば、ずっとおりていって、息が苦しいということになれば、先生はまた触角の通信線をつかんで、空気になれるまで数時間ほど、空中で止まってくれとたのむのです。巨大昆虫はすぐにその求めに応じて、空中でじっと浮かんでいてくれますから、そのあいだにぼくらは最後の降下にそなえることができるのです。

ドリトル船長は、それから、乗組員の点呼をして、少なくとも全員生きていることを確認しました――みんな、腹ぺこでした。サンドイッチと飲み物が出発のときに荷物に積んでありましたが、そんなものはとっくのむかしに食べきっていました。ぼくは生まれてこのかた、こんなにおなかがすいたことはありませんでした。

いよいよ最後の降下には、長い時間をかけました。先生は通信線を常に手に持って、自分のペースで月に近づいていきました。朝と夜のさかいの線は、もちろんどんどん動いていました。しかも、それがどれぐらいぼくらが動いているせいなのかよくわかりません。（ぼくらはぜんぜんまっすぐおりていませんでした。）それで、先生とぼくとで、ぼくらが実際月のどちら側に着陸したかという点で意見が割れてしまったのです。近寄って見ると、くわしい月面地図はあまり役に立ちませんでした。というのも、望遠鏡で見ていたほんの数センチの細かなところが、ここでは大きな山や大陸になってしまうからです。

ぼくら全員の最大の心配は水だったと思います。月で水が見つかるのでしょうか。月の生物たちは、ひょっとすると水なしで生きていけるのかもしれませんが、水がなければ、ぼくらは死んでしまいます。

ゆっくりと円を描きながら、ぼくらは下へ下へとおりていきました。最初、先行きはかなり不安に思えました。ぼくらの真下にある景色は、火山や、古いクレーターや新しいクレーターばかりで、それがどこまでも何キロもつづいていくように見えるのです。

しかし、月の球体をぐるりとめぐってのびている、朝と夜のさかいの線のほうへ、ぼくらは希望の目をむけることにしました。

先生が興奮するのは何度も見たことがあります——たとえば、たくさんある自然科学の研究分野のどこかで、なにか新発見をなさったときなどです。しかし、これほど興奮した先生を見たことがありませんでした。ずっと動きつづける朝と夜のさかいの線を、ゆっくりと降下しながら見つめているうちに、先生はふいにぼくの肩をぎゅっとつかむと、月の大気がどのように音を伝えるかも忘れて、ぼくのこまくをやぶらんばかりの声でこうさけんだのです。

「スタビンズ君、見たまえ！　木だ！　山のふもとの、あそこにあるのが見えるかね？　あれは木だよ、まちがいない。そして、もしそうなら、私たちは助かった。つまり水があるってことだからね、スタビンズ君。水だ！　ここで生きていけるぞ——水がある。つまり、やっぱり生物がいるということだ！」

訳者あとがき

本書は、『ドリトル先生のキャラバン』に続く、シリーズの第七巻である。
原題を直訳すれば『ドリトル先生の庭』だが、本作を最初に邦訳した井《い》伏《ぶせ》鱒二《ますじ》が『ドリトル先生と月からの使い』としたのを踏襲させていただいた。これは、次の第八巻『ドリトル先生の月旅行』と第九巻『ドリトル先生月から帰る』と合わせて、「ドリトル先生の月旅行三部作」と捉《とら》えたうえでの命名である。

本書の前半は、第五巻『ドリトル先生の動物園』の続きになっている。動物町に住む犬たちの物語が次々に語られ、トミーがそれを『雑種犬ホーム物語集』として書きとめるという形で展開する。それから、虫の話、チーチーの語る先史時代の画家オウソーの話と進み、第二部の終わりで「いきあたりばったりの旅」ゲームで月旅行が決まったところへ、先生の庭に月からの使いが到着し、ついに月に着陸するところで本書は終わる。続きは第八巻で語られる。

宇宙服も着ないで宇宙旅行をするという、なんとも、のほほんとした書きっぷりに驚く読者もいるかもしれないが、本書が書かれたのは一九二七年であるという事実を踏まえておかなければならない。

人類が宇宙船アポロ11号で初めて月へ行き、アメリカ人宇宙飛行士ニール・アームストロングが月の表面を歩いて、「ひとりの人間にとっては小さな一歩だが、人類にとっては大きな飛躍である」と有名なことばを残したのは、一九六九年のことであり、本書が書かれた当時において、月はまだ人類が訪れたことのない未知の世界だったのである。

また、それまで児童文学において月がどのようにイメージされてきたかという経緯も考慮するとよいだろう。一八三八年のアンデルセン童話『幸福の長靴』で、魔法の靴をはいて「月へ行ってみたい」と願うと月へ行ってしまう話が描かれるように、多くの場合、月とは、はるか遠くにあって「ふつうの人は決して行くことのできない夢のような世界」としてイメージされていた。児童文学ではないが、日本最古の物語と言われる『竹取《たけとり》物語』で月世界の人たちが地上人を遥《はる》かに凌駕《りょうが》する能力を持っていたり、エリザベス朝文学に影響を与えたアリオスト作『狂えるオルランド』（一五一六）において、月は地球で失くしたものが見つかる夢の世界として描かれたりするのも、月世界が地上では起こり得ないことが起こる「ありえない世界」としてイメージされていた証左であろう。ちなみに本書２４８ページに出てくる「熟成していないチーズでできた月」という表現も、英語独特の言いまわしにある「月は熟成していないチーズ（グリーン・チーズ）でできていると信じる」（「ばかげたことを信じる」という意味）に基づくものであり、「ありえない」という連想がここでも働く。

　日本では月にはウサギがいるとイメージされるが、イギリスでは、月には「月の男」がいると想像され、シェイクスピアの『夏の夜の夢』の劇中劇でも「月の男」が背中に枝を背負って犬を連れて登場する。マザー・グースでも「月の男が大あわてでやってきて……冷たいプラム・ポリッジすすって口をやけどした」と歌われるが、冷たいポリッジでやけどするのも「ありえない」ことを表す一例だ。

　月にまつわる作品は多々あるが、シェイクスピアより二歳年上のイングランド国教会司教フランシス・ゴドウィン（一五六二～一六三三）の著した『月の男』（一六三八年刊行）という作品に、主人公ドミニゴ・ゴンザレスがまるでドリトル先生のように野生の白鳥の群れを組織して、白鳥たちに引っ張ってもらって月まで飛んでいくという話があるのは特筆に値しよ

う。一六二〇年代に書かれた作品だが、地球から離れるほど重力が弱まるといったことがすでに書かれており、国教会の牧師ジョン・ウィルキンズ（一六一四〜七二）が著した『月世界の発見』（一六三八）という研究書には、月には大気があり海があるといったようなことが記されている。

ゴドウィン――ちなみに『ガリヴァー旅行記』の作者ジョナサン・スウィフトの大伯父に当たる――の『月の男』は、フランスの剣術家で作家のシラノ・ド・ベルジュラック（エドモン・ロスタンの戯曲の主人公のモデル）が著した風刺小説『月世界旅行記』（一六五七）とともに、サイエンス・フィクションの先駆けとされている。ムルタ・マクダーモットというアイルランド人作家も巨大な大砲によってロケットを月へ撃ちこむ物語『月への旅』（一七二八）を書いているが、月をモチーフにした最初の本格的サイエンス・フィクションとしては、ジュール・ヴェルヌの『月世界《げっせかい》旅行』（二部作一八六五、七〇）を挙げるべきだろう。これらもまた、ロフティングの書いた本作と同様にアポロ月面着陸以前に書かれた作品である。

本作はこうしたサイエンス・フィクションの流れよりは、むしろ本作とほぼ同時期に構想されたトールキンの『ローヴァランダム』（犬のローヴァーが月世界へ行く話）のようなファンタジーの流れに与している。動物たちと自由に会話をするファンタジーと同様に、月旅行も夢の夢であった時代に書かれた作品として理解すべきものであると言えよう。

そして、作者ロフティングの究極の夢とは、生きとし生けるものが互いの命を尊重しあい、傷つけあうことなく平和に暮らす世界を打ち立てることだった。

ロフティングは夢物語に託して、生きるものすべてが理解しあい、戦争をしない世界を夢見る。94〜99ページに出てくる「バンカールーの戦い」――おそらくナポレオン軍がイギリスとプロイセンの連合軍に敗れた有名なウォータールーの戦いをもじったもの――の話でも、戦争なんておろかなことだと語られる。

戦争のない平和な世界を築くには、理解しあうことが大切なのだとロフティングは主張している。たとえ相手がイエバエでもゴキブリでも話を聞こうとするドリトル先生の態度には、そうした作者の思いがこめられている。

いがみあう前に、相手とじっくり話をすること。それがなによりも大切なのだが、相手に耳を傾ける時間をさけないほど忙しい現代において、ゆっくりと会話をして理解しあうことがどこまで可能か。それが問題だ。

二〇二一年二月

河合祥一郎

本書は、二〇一三年三月に小社より刊行された角川つばさ文庫（児童向け）を一般向けに加筆修正したうえ、新たに文庫化したものです。

本文挿絵／ももろ
本文デザイン／坂詰佳苗

新訳《しんやく》

ドリトル先《せん》生《せい》と月《つき》からの使《つか》い

ヒュー・ロフティング　河合祥一郎《かわいしよういちろう》＝訳

令和3年 4月25日　初版発行
令和6年 10月5日　再版発行

発行者●山下直久

発行●株式会社KADOKAWA
〒102-8177　東京都千代田区富士見2-13-3
電話　0570-002-301（ナビダイヤル）

角川文庫 22648

印刷所●株式会社KADOKAWA
製本所●株式会社KADOKAWA

表紙画●和田三造

ISBN 978-4-04-111104-8　C0197

角川文庫発刊に際して

角川源義

第二次世界大戦の敗北は、軍事力の敗北であった以上に、私たちの若い文化力の敗退であった。私たちの文化が戦争に対して如何に無力であり、単なるあだ花に過ぎなかったかを、私たちは身を以て体験し痛感した。西洋近代文化の摂取にとって、明治以後八十年の歳月は決して短かすぎたとは言えない。にもかかわらず、近代文化の伝統を確立し、自由な批判と柔軟な良識に富む文化層として自らを形成することに私たちは失敗して来た。そしてこれは、各層への文化の普及滲透を任務とする出版人の責任でもあった。

一九四五年以来、私たちは再び振出しに戻り、第一歩から踏み出すことを余儀なくされた。これは大きな不幸ではあるが、反面、これまでの混沌・未熟・歪曲の中にあった我が国の文化に秩序と確たる基礎を齎らすためには絶好の機会でもある。角川書店は、このような祖国の文化的危機にあたり、微力をも顧みず再建の礎石たるべき抱負と決意とをもって出発したが、ここに創立以来の念願を果すべく角川文庫を発刊する。これまで刊行されたあらゆる全集叢書文庫類の長所と短所とを検討し、古今東西の不朽の典籍を、良心的編集のもとに、廉価に、そして書架にふさわしい美本として、多くのひとびとに提供しようとする。しかし私たちは徒らに百科全書的な知識のジレッタントを作ることを目的とせず、あくまで祖国の文化に秩序と再建への道を示し、この文庫を角川書店の栄ある事業として、今後永久に継続発展せしめ、学芸と教養との殿堂として大成せんことを期したい。多くの読書子の愛情ある忠言と支持とによって、この希望と抱負とを完遂せしめられんことを願う。

一九四九年五月三日

8巻の『新訳 ドリトル先生の月旅行』は…

ついに月にやってきた先生は、助手のトミー少年、オウムのポリネシア、サルのチーチーとともに月の調査に乗り出す。

月にはとんでもなく長生きで、ものすごく大きな植物や動物がたくさんいるのだ。先生はまずおしゃれで頭の良いユリの花と話すことに成功する。おまけに診療所まで開いて大活躍！

やがて月の動植物たちが、秘密の組織を作って、月を戦争のない世界にしていることがわかってくる。

それにしても、先生を月に呼んだのは、いったい誰なのか？　いつまで経ってもわからないままだ。

しかし、とうとうその謎が明らかになる。それは、あなたも知っているあの人物だった。ほら、例のお話にも出てきた、あの人。誰だかわかりますか？

そして思いもかけない大事件が起きる。その事件とは……？

謎がうずまく第8巻をお楽しみに！

2021年8月発売予定

新訳 ドリトル先生の月旅行
（角川文庫）
ヒュー・ロフティング
訳／河合祥一郎
イラスト／ももろ